U0867175

RABINDRANATH
TAGORE

企鹅·轻经典
EASY CLASSICS

止息盛怒

[印度] 泰戈尔　著
杜蕴慈　译

中信出版集团 | 北京

目录

CONTENTS

疑难得解 1

姐姐 10

禁入的大门 22

止息盛怒 29

过客 42

小媳妇 63

喀布尔人 68

小少爷归来 79

利润与损失 88

惩罚 97

骷髅 111

塔拉普拉桑纳的名望 120

爷爷 129

编辑 140

眼睛的恩典 145

饥饿的石头 170

生与死 184
邮站长 199
全无心肝 206
献出的财富 212
心愿得偿 224

疑难得解

A PROBLEM SOLVED

1

住在金克拉科塔村的奎师那戈帕尔·萨卡尔，把自己的产业经营与其他责任都交给了大儿子，然后去了瓦拉纳西[1]。他那些朴实的佃户挥泪相送，像他这样慷慨虔诚的地主，在此末世[2]已不多见。

他的儿子比平哈里是个时髦优雅的大学毕业生。比平哈里留着胡须，戴眼镜，不怎么与人交际。他非常讲求品德，从来不抽烟，

1 Varanasi，旧称 Benares（“贝拿勒斯”），位于印度北方的圣城，在恒河畔。文中奎师那戈帕尔前往此处修行。——译者注

2 Age of Kali（kali-yūga），“争斗时”，是人类的时代，我们现在所处的年代是争斗时的第六个千年。“争斗时”是四个宇迦（yūga）中的最后一个；众多宇迦组成“劫”（kalpa）或者“梵天的一个白日”（Day of Brahma）。与第一个宇迦“圆满时”（satya-yūga，Age of Truth）相比，“争斗时”是悲剧性的腐化堕落的时代，所以我们现在的世界才有这么多邪恶与苦难。Kali 不可与 kālī（母神“时母”）混淆。——原注（本书若无特殊说明，均为原注）

印度信仰认为，四宇迦分别为圆满时、三分时、二分时、争斗时。四宇迦合为一摩诃宇迦（mahayūga），一千摩诃宇迦合为一劫，即梵天的一个白日。——译者注

甚至不玩纸牌。他言行举止温和有礼——但事实上，他是个很冷酷的人，他的佃户很快就发现了这一点。他的父亲对待佃户宽大仁慈，然而在比平哈里的管理之下，无论以什么理由，谁都别想被豁免哪怕一分钱债款或地租。他们必须按时交租，晚一天都不行。

比平哈里接手的时候，发现他父亲经常把土地发放给婆罗门却免租，此外还给很多人减租。人们以各种借口恳求，他也从来不拒绝：这是他的弱点。

“这样下去不行，”比平哈里说，“我不能让一半产业都免租。”他得出两点结论。其一，靠着转租土地获利，自己坐在家里游手好闲长肥肉的人，绝大多数一无是处，丝毫不值得怜悯。向这种人施舍，只是让无所事事的闲汉有了逃避的退路。其二，比起他祖父的时代，现在想确保一份收入要困难得多。如今短缺严重，要维持一位绅士的体面威严，花费是从前的四倍。

他的父亲大方逍遥，随意散财，这在如今是行不通的；相反，应该取回这些资产并且加以扩张。比平哈里开始照着自己的信仰行事，也就是说，他开始根据“原则”做事。凡是之前从这个家里送出去的，现在又一点一点收了回来。他只允许极少数佃户免租，并且表示连这极少数的租约也不是永久的。

他的父亲奎师那戈帕尔在瓦拉纳西接到来信，得知这些佃户的苦楚，其中有些人甚至亲自向他求情。他写信给比平哈里，说他的这些行为很不应该。比平哈里回信道，从前家里可以收到许多不同礼物作为回报，当时贵族地主与佃户之间的关系是互惠的。然而最近已经立法禁止地主收受任何形式的礼物，只能收取租金；贵族地主的权利与特权都遭废除，只剩下地租了。那么除了留心经营自己应得的款项之外，还有什么办法呢？如果佃户除了租金再没有给他别的东西，他又为什么要施舍他们更多呢？现在地主与佃户之间的关系完全是商业行为。如果他再这么慈善下去，将来会破产，到时候要维护自己的财产与贵族尊严都是不可能的。

奎师那戈帕尔思考了很久。现在，时代已经大大改变。最后他的结论是，自己的老一套已经不适用于年轻一代要做的事了。如果有人隔着老远指挥，年轻人就会说：“那么你把产业收回去吧。我们只能以我们的方式来管理。”这么一来又有何益？还是把此生残年奉献给神吧。

2

事情就这么持续下去。在大量诉讼、争吵与辩论之后，比平哈里总算按照自己的心意，几乎把每件事都安排妥当。绝大部分佃户不敢对抗来自他的压力。唯一拒绝屈服的是米尔贾太太的儿子，阿奇马德迪·比斯瓦斯。

比平哈里对他的攻击是最厉害的。把土地送给婆罗门可以用传统来解释，可是这么一个穆斯林寡妇的儿子也得到免费或者几近免费的土地，就实在无法解释。好吧，他是拿到了奖学金，在学校里学了点东西，可是这并不代表他可以如此自抬身价。比平从管理产业的老人那里得知，他父亲给这一家人这些好处已经有很长一段时间了，但是大家都不清楚原因。也许那寡妇曾经向他父亲诉苦，编造不幸的遭遇，他父亲就可怜她了。但是在比平看来，这些恩惠依然很不合理。他并没亲眼见到这一家当年贫困的情况，只是盯着他们现在的富足与傲慢，觉得他们必定欺骗了自己这位心软而毫无防备的老父亲——他们偷了他的财产。

阿奇马德迪是个非常自信的年轻人。他决心保卫自己的权利，绝不退让分毫，于是一场激烈的竞赛就此展开。他的寡母一再提醒他，与这位贵族老爷作对是很愚蠢的；他们受到保护已经这么久了，所以最好对这样的保护怀有信心，对方想要什么，他们让步就是了。“母亲，你不懂这些事。”阿奇马德迪说。

这件案子循序接受各层法院审理，阿奇马德迪都输了。可是他输的次数越多，他就越坚持。输赢的彩头就是他所拥有的一切，而他把自己拥有的一切都当作赌注，押在上头。

一天下午，米尔贾太太带着自家菜园的一点蔬菜，私下来见比平哈里。她哀怨的眼睛看着他，仿佛以母亲的目光抚慰他，她说：“你就像我的儿子一样——愿真主保佑你。亲爱的，不要毁了阿奇姆——这样没有一点意义。我把他托付给你，你就把他当作一个任性的弟弟。孩子，不要舍不得从你那数不清的财富里分给他一点点！”

比平愤怒极了，这个妇人如此无礼，倚老卖老，以这种自来熟的口吻对他说话。“你是女人，”他说，“你不懂这些事。如果你有话要告诉我，让你的儿子来。”现在米尔贾太太自己的儿子与别人的儿子都告诉她，她不懂这些事。她在心里向真主祈祷，一路轻轻擦着眼睛，回自己家去了。

3

这件官司从刑事法庭到了民事法庭，再从民事法庭到了地方法庭，又从地方法庭往上到了高等法庭，持续了将近一年半。阿奇马德迪在上诉后总算赢了一部分，可是他已经快被债务淹没了。而且，他才逃脱了岸上的虎口，又遇上河里的鳄鱼。那些债主选择这个时候要求执行法院裁决，于是法院宣布了日期，即将拍卖阿奇马德迪的所有财产。

那天是星期一，是去附近一条小河岸边赶集的日子。当时正是雨季，水位很高，所以有些小贩在岸上，有些在船上，到处都是一片喧闹。当季的农产品里，波罗蜜尤其多，还有许多鲥鱼[1]。天气多云，许多小贩担心下雨，都在地上支起竹竿，在摊位上方撑起雨棚。

阿奇马德迪也想来买点东西，可是他手里一分钱都没有，也没有人愿意让他赊账。他带来一把菜刀和一个黄铜盘子，打算抵押了换点钱。

比平哈里正好出门散步，呼吸一点傍晚的空气，身边还跟着几名带着竹杖的护卫。他被人群吸引来，决定逛逛市集。他正在——

1 hilsa（ilish）。孟加拉地区的食用鱼，约半米长。长在海中，洄游至河中产卵。

出于兴趣——询问卖油小贩德瓦里的收入，这时候阿奇马德迪像老虎一般怒吼着朝他冲过来，还挥舞着菜刀。小贩们赶紧拦住他，很快抢下了刀。他马上就被交给警方，市集也像之前那样继续交易。

突如其来的插曲倒也没有令比平不快。被围猎的猎物反过来攻击猎人，固然严重违反了应有的仪节，但是无所谓，这家伙会受到该有的制裁。比平家的女眷们为了这件事气极了。真是个不知廉耻的恶棍！不过他罪有应得，让她们大感欣慰。

与此同时，就在这一天傍晚，米尔贾太太的家——没有食物，没有孩子——比死亡还阴暗。每个人都忘了刚才发生的事，都吃了晚饭，然后睡觉。唯独对某位老妇人来说，这件事比一切都重要，可是在这世上没有人能够对抗它，只有她自己：这么一把老骨头，一颗愁苦忧惧的心，在一幢没有灯火的茅屋里！

4

三天过去了。法官将在第四天举行听证会。比平要亲自做证。虽然这位贵族老爷之前从来不曾出现在证人席上，但他对此没有异议。那天早上，到了指定的时间，他戴着头巾与怀表链，招摇地坐着大轿到了法院。法庭里挤满了人，已经很久没有这么耸动的案件了。

就在听证开始之前，一名随从走过来，看起来有点慌张，他对比平哈里耳语，说外头有人想见他，于是他走出法庭。在外头，他看见自己的老父站在旁边一棵榕树下，赤着脚，披着圣名披肩[1]，戴着黑天念珠；他清瘦的身子仿佛散发着善心的光辉，眉宇间闪耀着对这个世界的深刻同情。比平穿着长外套、长外袍、紧窄的长裤，向父亲行礼时甚为不便。他的头巾歪到了鼻子上，怀表从口袋里掉出来。他手忙脚乱地把这些都放回原位，然后请父亲移步到附近一位律师家里。“不用了，”奎师那戈帕尔说，“我要说的在这里就可以说。”

比平的随从把好奇旁观的人都赶走。“要尽一切力量，必须让阿奇姆无罪释放，”奎师那戈帕尔说，“从他那里拿来的财产也还给他。”

“您从瓦拉纳西赶来就为了说这个？”比平太讶异了，“您为什么如此厚待他？”

“把原因告诉你，这又有什么意义呢？”奎师那戈帕尔说。

比平很坚持。“我已经设法从那些我觉得配不上的人手里把赠予的东西拿回来，其中甚至有婆罗门，而您对此面不改色。那么您为什么费这么大力气，就为了这个穆斯林？这件事已经到了这一步，如果我饶了阿奇姆，又把所有东西都还给他，我该怎么对别人解释？”

奎师那戈帕尔沉默了一会儿。然后他紧张地拨弄着念珠，话音发颤：“如果需要一个坦白的解释，你就告诉他们，阿奇马德迪是

1 nāmābali，一种围巾，上面印着神明的各种名号，毗湿奴派及其他虔诚的印度人佩戴。

毗湿奴派主要崇拜毗湿奴及其十大化身，尤其是黑天。——译者注

你的兄弟——我的儿子。”

“他的母亲是穆斯林？”比平大感惊骇。

“没错，吾儿。”奎师那戈帕尔说。

比平惊愕得目瞪口呆，最后终于说：“待会儿您再详细告诉我吧。现在请您先回家。”

“不了，”奎师那戈帕尔说，“我不会再住进家里了。我现在就要回瓦拉纳西。遵从你的良心，尽一切所能。”他祝福了儿子，忍住泪水，蹒跚离去。

比平手足无措，默默站了好一会儿。不过至少现在他明白旧社会那些道德观都是怎么回事了！在教育与人格方面，他实在比自己的父亲高明许多！一个人没有“原则”的话，就会闹出这种事！他走回法庭，看到阿奇姆在庭外等候：他无精打采，脸色灰暗，嘴唇发白，双眼通红，身上的衣服又脏又破，两名警卫左右押着他。比平的兄弟就是这个模样！

比平与法官相熟，于是这个案子就以程序问题为由撤销了。几天之内，阿奇姆原有的一切也全部恢复了。不过他并不明白原因为何，其他人也很惊讶。

不过没多久，消息就传遍了，原来奎师那戈帕尔在开庭时出现过。各种传言甚嚣尘上。精明狡诈的律师都在猜测这件事的实情，其中拉姆特兰是由奎师那戈帕尔出钱抚养读书的。他从前就一直怀疑，而现在他完全明白了——只要你仔细观察，连最可敬的人都能被抓住破绽。无论他怎么捻着念珠、嘴上念经，他依然跟所有人一样，很可能是个流氓。

可敬的人与不值得敬重的人之间的区别就是：前者是伪君子，而后者不是。总之，拉姆特兰得出了结论：奎师那戈帕尔出了名的慷慨与虔诚只是狡猾的伪装。这么一来，他自己心里那个长久以来的疑问终于有了答案。他还觉得自己摆脱了对奎师那戈帕尔恩情的重担，实在很轻松。不过，我并不明白他这是什么逻辑。

姐姐

ELDER SISTER

1

莎希的邻居塔拉，绘声绘色地说了一遍村里有个丈夫如何虐待自己的妻子，然后评论道：“要是你问我，这样的丈夫，就该把烧红的煤炭捅进他们喉咙里去。”

贾伊戈帕尔的妻子莎希听了这话吓坏了。无论在什么情况下，一个做妻子的希望丈夫嘴里着火的东西不只有雪茄，这种妻子面上都不会有光的。莎希表示惊骇，可是硬心肠的塔拉比刚才更狠：“连着七生七世都守寡，也比有这种丈夫强。”然后就结束了这段谈话，走开了。

莎希自言自语道：“我实在想不出来，一个丈夫能有多大过错，让做妻子的对他有这样可怕的感受。”她想着这件事，温柔的心里充满了对于远行在外的丈夫的柔情。她往丈夫平时睡的另一半床伸出手臂，亲吻那无人的枕头，感觉到他头发上的一丝气味。然后她关上门，从一只木盒里拿出一张他的照片——这张照片几乎已经被遗忘了——以及他的几封来信。一整个寂静的下午，她都独自坐在房间里沉思、回忆，眼泪汪汪地思念他。莎希卡拉和贾伊戈帕尔并非新婚，他俩在儿时成婚，现在也有了孩子。他俩在一起已经很久了，生活正常平稳，两人之间从来没有格外的热情。他俩将近十六年未曾分离，可是她丈夫突然因为工作去了远方，而莎希对他感到一种特别强烈的爱意。

他不在身边，这件事牵扯着她的心，加强了爱的纽带。过去她从来没有察觉到的许多感情，如今在她心中搅得她发疼。所以，虽然她已经是现在这个年纪，虽然她已经为人妻、为人母，她还是孤零零地坐在床上，像年轻新妇一样充满幻想。从前她一无所知的爱，一直像一条河在她的生命中流动，如今它的潺潺水声突然唤醒了她。她开始看见河岸两旁绵延的金色城镇，还有开着鲜花的亭台，而这一切所许诺的欢愉，如今是她无法企及的，属于过去了。她告诉自己："等到我丈夫回来，我不会再让生活如此沉闷，不会再让春天虚度。"为什么从前她要经常为了微不足道的小事与丈夫争吵呢？如今她心中充满了强烈的爱，她决心永远不要再那么不耐烦，永远不要违反他的意愿。她要顺从、慈爱，接纳他的所作所为，因为世上最珍贵，或者该说最神圣的就是丈夫。

多年以来，莎希卡拉是她父母唯一的孩子，很受宠爱。所以虽然贾伊戈帕尔收入微薄，对于未来却一点也不担心。他将继承岳父卡利普拉桑纳的遗产，以村里的水平来说，过得像个王子。可是没想到的是，莎希卡拉的父母虽年事已高，却突然生了一个儿子。其实莎希颇感难为情，因为这件事对她父母这个年纪来说很不合适；而贾伊戈帕尔也不怎么高兴。

她的父母老来得子，自然对这个孩子极为宠爱。这个刚出生的小舅子还在吃奶睡觉，就毫不知情地夺走了贾伊戈帕尔的希望，攥在紧握的小手掌心里。接着贾伊戈帕尔有了一个去阿萨姆茶园工作的机会。大家都劝他在家附近找工作，可是不知道是出于不满，还是因为那个职位能够很快升迁，他并没有接纳大家的意见。他把莎希与孩子留在岳父家，去了阿萨姆。这是他第一次离开妻子。

莎希卡拉对这个小弟弟感到很愤怒，因为是他引起的这一切。无法公开表达的委屈总是会导致怨怼。他只是舒舒服服地吸着奶，闭着眼睛睡觉，而他的大姐却痛恨自己必须为他热牛奶、吹凉稀饭，并因此耽误了自己的儿子出门上学。她的怨恨使得全家人都为之不宁。

没有多久，莎希的母亲去世了。她去世之前，把自己的儿子托付给了女儿。

这个失恃的孤儿很快就征服了姐姐的心。他会叫一声就跳上她的膝头，没牙的小嘴馋兮兮地啃她的脸、眼睛和鼻子；他扯住她的头发，拒绝放手；他在黎明之前就醒过来，朝着她依偎过去，一边轻轻挠她，一边嘴里叽里咕噜。无论他做什么，她都毫无办法！他很快就学会了叫她“家家”，还有“拉拉”。她在干活或者休息的时候，他都在淘气，吃那些不准他吃的东西，往那些不准他去的地方跑。对这个任性的小无赖，她完全屈服了。他则因为没有了母亲，对她的依赖更多了。

2

这个孩子的名字是尼尔马尼。他两岁大的时候，他父亲生了很重的病。家里给贾伊戈帕尔寄了一封信，告诉他赶紧回来。贾伊戈帕尔好不容易才上路，他到家的时候，岳父卡利普拉桑纳已经垂危了。

岳父临终之前，把自己的小儿子交给贾伊戈帕尔监护，并且分了四分之一产业给女儿。于是贾伊戈帕尔只得辞职，回来经营产业。

在这么长时间之后，夫妻团聚了。如果一件具象的物品破损了，还可以用榫钉接合；但是如此长时间分离的两个人之间并没有明显的边缘，也就无法再拼接在一起。这是因为人的心是活的，时刻都在改变、成熟。对莎希来说，团聚是情感上的新体验，仿佛与丈夫又结了一次婚。分离驱散了多年婚姻的习惯所带来的沉闷。她觉得比起从前，自己现在能够更加圆满地迎接丈夫归来。她向自己立誓：无论未来是什么样，无论我这辈子有多长，对丈夫这份光明的新爱，我决不会让它暗淡。

可是对于夫妻团聚，贾伊戈帕尔的感受又不一样。从前他俩在一起生活的时候，他所有的兴趣习惯都与莎希有关，她已经成为他生活中固定存在的一部分——如果没有了她，他的日常生活里就会出现缝隙。因此当他第一次离家时，他感到茫然。不过新的日常生活填补了这些缝隙。而且不止于此。从前，他的生活悠闲平静；而现在，也就是两年之后，他已经变得野心勃勃，想要改变自己的经济条件，因此不再顾及其他。与此相比，他过去的生活方式似乎已经消失殆尽。对女人来说，最大的改变是爱造成的；对男人来说，则是野心。

两年的分别之后，与贾伊戈帕尔团聚的妻子也和从前不一样了。他的小舅子已经给她的生活增添了另一面，而且这一面是他完全陌生的，他完全没有参与其中。他妻子试着让他像自己那样爱这个孩子，但很难说她如愿了。她把尼尔马尼抱在怀里，微笑着递给自己的丈夫，而尼尔马尼往往攀住她不放手，把脸藏在她肩头，不承认跟他有什么亲属关系。她要小弟弟表演一些小把戏给贾伊戈帕尔看看，但是贾伊戈帕尔并不怎么感兴趣，小男孩也不热衷。贾伊戈帕尔无论如何也无法理解为什么这个肤色深黑、一脸严肃、干瘦的大头小孩值得被这么宠爱。

女人不需要多少时间就能察觉人们的真正感受。莎希很快看出来了，贾伊戈帕尔并不喜欢尼尔马尼。于是她十分保护他，尽一切所能让他远离自己丈夫那鄙弃的目光。这孩子变成她的秘密宝藏，她一人的珍爱对象。大家都知道，一份爱越是隐秘，就越是增长。

每当尼尔马尼号哭，贾伊戈帕尔就大为恼怒，所以莎希将孩子紧抱在胸前，尽全力安抚他。每次尼尔马尼的哭声打扰了贾伊戈帕尔的睡眠，他就发怒大吼，对这孩子充满了暴力的情绪，莎希则感到自责局促。她赶紧抱着他走远，安抚他睡着，温柔疼爱地喃喃自语："我的宝藏，我的宝贝，你是最珍贵的。"

孩子们之间的争吵也经常因为各种原因爆发。从前在这种时候，莎希会处罚自己的孩子，站在小弟这一边，因为他没有母亲。而现在法官换了人，于是处罚条例也改变了，尼尔马尼因此遭到不公平且不恰当的严厉处罚。他所受的冤枉让他姐姐心如刀割，她把受了委屈的小弟带到自己的房间，给他糖果玩具，安抚他，亲吻他，尽自己所能抚慰他受伤的情感。

结果就是，莎希越宠爱尼尔马尼，贾伊戈帕尔就越怨恨他；贾伊戈帕尔对尼尔马尼的厌恶越明显，莎希就越宠爱他。贾伊戈帕尔并没有真的虐待妻子，莎希对他也一直保持着默默的、顺从的忠诚。唯有尼尔马尼是两人之间争论的缘由，虽然隐蔽，却不断增长。这样无声的敌意与嫉妒，比公开冲突更令人难以承受。

3

尼尔马尼的头大得与身体不成比例，仿佛造物主在一根细枝的顶上吹了个泡泡。有时候医生也担心这孩子会像个泡泡一样脆弱短命。他很晚才学会说话、走路。那哀戚严肃的表情让人以为他父母把自己老年的忧心忡忡都压在了他头上。不过他大姐的细心养育让他度过了危险的年龄，如今长到了六岁。

在迦剌底迦月，莎希给尼尔马尼穿上镶了红边的腰布，打扮成小绅士，还给他举行了兄弟节的仪式，在他的额头涂上檀香粉。那位直言快语的邻居塔拉此时来了，对莎希挑剔了一句。“檀香粉管什么用？”塔拉说，“你私底下正在把他搞破产。”

莎希震惊极了。塔拉告诉她，村里传言，她跟她丈夫故意拖欠尼尔马尼产业应缴的税金，到了产业被拍卖的时候，再以贾伊戈帕尔表亲的名字买下来。莎希诅咒那些四处传谣毁谤的人该得麻风。

她含着泪把这些人说的告诉了自己的丈夫。“现在根本谁也不能相信，”贾伊戈帕尔说，“乌彭是我的表弟，把尼尔马尼的财产交给他管理，我很满意。我不知道他拖欠税款，还自己把哈西尔普尔的产业买了下来。”

“你不去告他吗？”莎希十分讶异。

“我怎么能告我自己的表弟呢？”贾伊戈帕尔说，“而且没有意义——只是浪费钱而已。”

莎希的最高宗旨就是信任自己的丈夫，可是现在她对他没有什么信心了。她的幸福温馨的家，如今如怪物一般丑陋。这里曾经是避风港，现在突然成了残酷的陷阱，从四面八方压迫着她与小弟。她身为女人，能怎么保护不幸的尼尔马尼呢？有他俩避难的地方吗？她越思考这件事，心中就越恐惧，对这个可怜小弟的爱也更充满了她的心房。

她在想，有没有什么办法可以向总督请愿；说不定她可以写一封信给英国女王，请求归还她弟弟继承的遗产。如果当初有女王做主，她是决不会让哈西尔普尔产业被拍卖的——那个地方每年给尼尔马尼带来七百五十八卢比的进项呢。她接着打算怎么样向女王请愿，要求她丈夫的表弟全数归还财产；可是尼尔马尼突然发烧了，开始抽搐。

贾伊戈帕尔请了本地的印度大夫来。莎希求他请个比较好的医生，他说：“怎么了，马蒂拉尔就这么糟吗？”

莎希跪在他脚下哀求，于是他说：“好吧，我去城里找医生来。”

莎希紧紧抱住尼尔马尼，躺下来将他抱在自己胸前。尼尔马尼的视线也一直不离开她，手抓着她，以防她在自己不注意的时候溜走。甚至他睡着的时候，还攥着她身上的纱丽。

这样过了一整天，到了傍晚，贾伊戈帕尔回来了，说道："我没请到城里的医生——他出城看诊去了。我今天得再出门，准备去法院出庭。我已经告诉马蒂拉尔定时来看诊。"

那天夜里，尼尔马尼睡梦中开始说胡话。到了早上，莎希想也不想就雇了一条船，带着生病的小弟一路去了城里那位医生家里。医生在家——他哪里也没去。他看莎希是好人家出身，就为她安排了住处，有一位老寡妇照料，接着开始诊治小孩。

第二天贾伊戈帕尔来了。他怒火冲天，命令妻子马上跟他回家。"野马也拉不动我，"她说，"你和你的人想杀了尼尔马尼，他没有母亲，没有父亲，他谁也没有，只有我。我要保护他。"

"那你就待着吧，"贾伊戈帕尔大吼，"永远不要再踏进我家大门一步。"

"你的家！"莎希也被激怒了，"那是我弟弟的房子！"

"走着瞧。"贾伊戈帕尔说。

这些事在村里引起轩然大波。塔拉说："如果一个女人要跟自己的丈夫吵架，也应该舒舒服服在家里吵。没有必要闹到外头去。丈夫毕竟是丈夫！"

莎希用完了自己带的钱，又卖了身上戴的首饰，终于救了弟弟一命。然后她听说，在德瓦里村，贾伊戈帕尔勾结了当地贵族地主，她老家所在的大部分土地（原本一年有一千五百卢比进项），现在已经被贾伊戈帕尔据为己有。现在这笔产业已经属于他，而非她的弟弟了。

尼尔马尼病好了而且能够自己起身的时候，就哀哀地对她说："姐姐，我们回家吧。"他想念自己的玩伴，也就是莎希的孩子。"姐姐，我们回家吧，好不好呀？"他说了一遍又一遍。他的姐姐只能掉泪，说："我们现在哪里有家？"可是哭也没有意义。在这世上，尼尔马尼没有别人，只有大姐。莎希想清楚了这一点，于是擦干眼泪，去见法官的妻子，塔里妮夫人。

法官认识贾伊戈帕尔。一个好人家的妻子居然为了财产而离开自己的丈夫，和丈夫起争执，这实在令他烦恼。他劝慰了莎希一番，赶紧写信给贾伊戈帕尔。贾伊戈帕尔马上赶来，强迫妻子与小舅子跟他上了船回家。

这对夫妻是第二回在分离之后团聚了。这是命中注定！

尼尔马尼很高兴可以回来与朋友一起玩。他那无忧无虑的快乐，让莎希心碎。

4

到了冬天，当地的英国行政长官来此巡视。他在村里扎了营，想在这里稍事狩猎。尼尔马尼在一条小路上遇见了长官。其他孩子躲得远远的，就像阇那迦建议的，对于尖牙利爪、头上生角的动物要保持安全距离。可是严肃的尼尔马尼待在原地，冷静好奇地打量着这位英国绅士。

“你上学了吗？”长官和蔼地问。

孩子静静点头。“上学。”

“你现在读什么课文？”这位先生又问。

尼尔马尼听不懂“课文”是什么，于是继续看着长官。过后，他很开心地把这次见面的经历讲给姐姐听。

那天下午，贾伊戈帕尔穿戴起长外套、长裤、头巾，去向长官阁下致敬。请愿者、打官司的被告、信差及巡官把那里包围得人挤人。长官为了乘凉，从帐篷里出来，坐在外面树荫下的野营桌旁。他给贾伊戈帕尔一张凳子坐，询问他本地事务。贾伊戈帕尔在村民面前得此殊荣，十分自豪，心里想：“要是那些姓恰克拉巴尔蒂斯还有姓南迪斯的现在能看到我就好了！”

这个时候，来了一个蒙着面纱的女人，她带着尼尔马尼，站在长官面前。“大人，”她说，“我把我这个失去了父母的小弟托付给您；请您照看他。”

长官是第二次见到这个严肃的大头小男孩了，而且这次还跟着一位显然出身良好的妇女，于是他站起来，说：“到帐篷里谈。”

“我该说的话，就在这里说。”这名女子说。贾伊戈帕尔脸色苍白，坐立不安。好奇的村民热闹地围了过来，可是当长官举起手杖的时候，他们又退后了。

莎希牵着弟弟的手，把他的故事从头到尾说了出来。贾伊戈帕尔不时想要打断，可是气得满脸通红的长官喝令他闭嘴，并且以手杖指示他肃立。贾伊戈帕尔默默站好，心里对莎希十分恼怒。尼尔马尼紧靠姐姐站着，张着嘴聆听。

莎希讲完，长官问了贾伊戈帕尔几个问题，听了他的回答之后，就沉默不语。然后他对莎希说：“女士，虽然我无法亲自审理这件案子，但是你可以放心，该做的我都会处理。你可以带着弟弟回家，不必害怕。”

“我弟弟还没有拿回属于他的那栋房子，”莎希说，“我不敢带他回去。只有您带着他，他才能安全。”

“那么您上哪儿去呢？”长官问道。

“我会回到我丈夫家里。我没有什么好怕的。”

长官微微一笑，不再坚持。他同意带走这个肤色深黑、瘦削、严肃、冷静、温和、戴着护身符的孟加拉男孩。

莎希道别的时候，这孩子拉住她的纱丽。“小伙子，别担心，”长官说，“跟我来吧。”

面纱后的脸上，泪水滚滚而下。莎希说：“弟弟乖乖的，去吧——你还会再见到姐姐的。”她拥抱他，抚摩他的头与后背，从他攥紧的手心里抽出自己的衣角，接着很快离开了。长官伸出左臂，围在尼尔马尼肩头，可是他大喊：“姐姐，姐姐！”莎希回头，朝他摆摆手，试着以无言的手势安慰他。然后，心碎的她继续往前走。

丈夫与妻子在熟悉的家里再次团聚。这是命中注定！但是这一次团聚并没有持续太长。不久之后的一天早上，村民听说，莎希在前一天夜里得了霍乱，死了，而且当夜就火化了。没有人对这件事发表意见。有时候塔拉嚷嚷着自己的猜测，可是大家都叫她闭嘴。

莎希向弟弟道别的时候，曾经说他还会见到她。我不知道这个承诺是否实现了。

禁入的大门

FORBIDDEN ENTRY

某天早上，两个年轻男孩站在路边，正在为一件极其冒险的壮举打赌。他俩赌的是能不能从那座庙院里摘几朵猿尾藤[1]花。其中一个说自己办得到，另一个说："你永远不可能。"要彻底了解为什么这件事说起来比做起来容易，这就需要解释一番了。

乔伊卡莉夫人是马德阿布钱德拉·塔尔卡巴恰斯帕蒂的遗孀，她是这座庙的守护者，而这座庙供奉的是圣明的黑天。她的亡夫生前在村中婆罗门梵文学校任教，因此获得"塔尔卡巴恰斯帕蒂"（"辩才之主"）的头衔，不过他始终未能向妻子证明自己名副其实。有些权威人士认为，由于说话与辩论是他妻子的专属领域，而他身为她的"主人"[2]，获此头衔是理所当然的。事实上，乔伊卡莉并不多话；她能够凭着只言片语，甚至完全不说话，阻断滔滔不绝的

---

1 mādhabī。

2 "帕蒂"（pati）一词的双关，这个词意为"丈夫""主人"。

话语。

乔伊卡莉高挑强壮、鹰钩鼻，是个意志坚强的女人。由于她的丈夫管理不当，他们继承而来用以维护庙宇的产业差不多都流失了。而她在丧夫之后，收回了所有拖欠的债款，立下新的期限，修订了失效多年的租约，总算让每件事都回到了正轨。没有人能从她手里骗走哪怕一分钱。

这位女性拥有许多属于男性的特质，所以她没有女性朋友。女人怕她。说闲话、聊天、掉眼泪，都是她厌恶的事。男人也怕她，因为她能指斥村里男人永无休止的懒散，她只需严厉而默默地藐视一眼，就能戳穿他们的肥胖迟钝，刺中他们的痛处。

她蔑视和表达蔑视的能力都无与伦比。只要是被她评判为有错的人，她就能以神态与表情予以抨击，也许加上三言两语，或者根本不需要开口。她严密观察村里的大事小事，无论好坏。她轻而易举地掌控了村里的所有事务。她所到之处，都由她发号施令：无论她自己还是别人，都对此毫不怀疑。

她专精医术，可是她的病人怕她犹如怕死。如果有人违逆她的处方或者医嘱，她的怒火就会比发烧更猛烈。她那高大严厉的形象，就像神明的审判那样笼罩着全村。没有人爱她，但是也没有人胆敢违抗她。她认识每个人，但是没有人像她这般孤绝。

她没有孩子，抚养了两个父母双亡的侄子。谁也不能否认，这两个孩子并没有因为没了父亲而缺乏管教，姑姑也没有盲目钟爱、宠坏他俩。老大现在十八岁。他的婚事不时被提起，他本人也不反对婚姻与爱情。可是他的姑姑完全不考虑这种幸福的期待。与其他女性不一样，她并不觉得一对新人之间盛放的爱情有何特别令人高兴之处。相反，让她感到不悦的是，侄子婚后可能会在家中懒散度日，在妻子的悉心照料下一天天长胖。她说，不行，普林最好是开始工作挣钱——然后就有能力自己娶妻进门。这些无情的话让左邻右舍大为震惊。

那座庙就是乔伊卡莉最珍贵的财产。她从不玩忽职守，从未误过给神像祭祀、装扮、沐浴。那两名看管神庙的婆罗门对她比对神明本身还怕得厉害。从前这尊神明没有得到全额的供奉，因为还有一个接受信徒崇拜的对象秘密住在庙里，就是一名叫作尼斯塔里尼的“神婆”。信徒供奉的酥油、牛奶、奶酪、黄油，都被地狱与天堂一起分享了。但是在乔伊卡莉的铁腕统治之下，神明终于得以享用完整的供品。至于那些小神就到别处去谋生吧。

乔伊卡莉确保神庙的庭院一尘不染——连一根草叶都没有。庭院一边的篱笆墙上有一株猿尾藤，只要它落了枯叶，乔伊卡莉就赶紧清扫。她无法忍受庙宇的神圣、洁净与秩序受到一丁点侵害。之前本地的顽童玩捉迷藏的时候，经常躲在此处的院子里，有时候小山羊也进来啃食猿尾藤的树皮。现在这些是绝不可能了。除了节庆，男孩们再也不许进入庭院，饥饿的小山羊挨了棍棒，也只能咩咩叫着跑出去找妈妈。

不虔诚的人也不能进入神庙的院子，即使是她的近亲也不行。她的姐夫喜欢吃穆斯林烹饪的鸡肉，有一次他来村里探望自己的亲戚，想要参拜这座庙。她极力反对，结果她与姐姐差点因此决裂。对普通人来说，她看守这座庙宇的极度投入实在是过于狂热。

在其他方面，乔伊卡莉严厉、疏离、独立，唯有在照料这座神庙上，她完全奉献自己。对于庙里的神像来说，她是母亲、妻子、奴隶：她以机警、温柔、优雅与谦卑侍奉它。这座石造的神庙及其石造的神像，是世上唯一令她流露女性特质的事物。它们是她的丈夫与儿子，也是她的整个世界。

现在诸位读者就知道，要从这座庙院里偷几朵猿尾藤花，需要多么大的勇气了。打赌的这个男孩叫纳林，正是乔伊卡莉的小侄子。他知道自己的姑姑是什么样，但是管教并没有驯服他。他天生受到一切风险的吸引，总是渴望打破约束。人们说，他的姑姑小时候也是这样。

当时，乔伊卡莉正坐在自己家的前廊，数着念珠，以母爱与奉献的目光凝视着神像。纳林悄悄从后头进来，站在猿尾藤下。他发现位置较低的花朵都被摘采供神了，所以他小心翼翼地爬上篱笆。他看见高枝上有几个花苞，于是尽全力拉长了身体与胳膊去摘。可是脆弱的篱笆经不起这么大的力道，哗啦哗啦地垮了。纳林与猿尾藤一起趴在了地上。

此惊人壮举引得乔伊卡莉跑了过来，她扭住纳林的胳膊，把他从地上拽起来。他摔得很厉害，不过他的伤并非来自有生命的活物，所以并不能称为惩罚。于是来自乔伊卡莉的活生生的惩罚如雨一般落在他伤痕累累的身上。他默默忍耐，一滴眼泪也没掉。然后他的姑姑把他拖进一个房间，从外头拴上了门。那天下午不给他饭吃。女仆莫克莎达听了，流着泪为他乞求原谅，话音发颤。乔伊卡莉不为所动。这个家里没有人胆敢背着她给那个孩子一点吃的。

乔伊卡莉派人去修理篱笆，然后回到前廊自己的座位上，重新拿起念珠。不一会儿，莫克莎达走过来，怯怯对她说："奶奶[1]，小主人饿哭了，要不要我给他一点牛奶？"

"不要。"乔伊卡莉面无表情。莫克莎达退下了。附近茅屋里的纳林，哀怨的呜咽渐渐变成了愤怒的哭喊，直到好一阵之后，他已经没有力气继续，于是只有偶尔的抽抽搭搭传到他静坐念经的姑姑的耳朵里。

纳林的痛哭声逐渐减弱，最后精疲力竭，几乎寂静无声。此时另一个不幸生灵的声响——夹杂着远处人们奔跑与喊叫的喧闹——在庙外那条路上高声惊扰。突然庙院里有了脚步声。乔伊卡莉转过身，看见猿尾藤下有个什么东西在喘气。"纳林！"她气极大喊。没人搭腔。她想，肯定是纳林不知怎么从他的牢房里逃了出来，想要再惹她生气。她走下台阶，进了院子，死死抿紧了嘴唇。"纳林！"她走近猿尾藤时又喊了一次。还是没有回答。她拉起一根枝丫，发现是一头脏得出奇的、受了惊吓的猪，躲在茂密的枝叶下。

1　Thākurmā，祖母，对婆罗门老妇的尊称。

这砖砌的庙院里种着这棵猿尾藤，朴素地象征着沃林达文的果树，这些花朵的香气令人想起牧女们的芬芳气息，唤起在阎摩那[1]河畔嬉戏的美梦——乔伊卡莉全心奉献照料的这棵神圣藤花，居然遭到这样的污秽亵渎！看管神庙的婆罗门举着棍子来赶猪，可是乔伊卡莉冲过去制止了他，然后把庙院大门从里头拴上。

不一会儿，一群醉醺醺的多姆人[2]来到庙院大门前，开始大呼小叫，寻找他们要用来祭神的一头猪。“滚开，你们这群废物，”乔伊卡莉在紧闭的门后大喊，“谅你们也不敢玷污我的神庙。”

那群人走开了。不过他们目睹了这件不可思议的事：乔伊卡莉夫人居然在她的黑天庙里庇护这么一头污秽的牲畜。

掌管凡间生灵的伟大神明看到这场稀奇的小插曲，觉得很有趣；倒是掌管刻薄狭隘的社会风俗的小气神祇，被这件事气得不轻。

---

1 沃林达文（Vrindavan）是黑天幼时游玩的地方，他经常在阎摩那（Yamuna）河边与牧女们（gopīs）嬉戏。

2 多姆人（Dom），属于印度传统四种姓之外的第五类（pañcama），即“不洁净者”（untouchable）。传统上，他们捡拾破烂，搬运尸体，供应火葬的木柴。

止息盛怒

FURY APPEASED

1

戈皮纳特希尔的妻子吉丽巴拉，住在拉曼纳特希尔的三层大宅顶楼。在她卧室的南门外，种着一大盆一大盆茉莉与玫瑰。屋顶上砌着女儿墙，女儿墙是有垛口的，可以眺望风景。卧室墙上挂着许多描绘外国女士的版画，各自呈现不同的着装或者未着装状态；然而正对着房门的大镜子映出的十六岁的吉丽巴拉，比起墙上这些画，一点也不落下风。

吉丽巴拉的美像是一束骤然的光、一个惊喜，令人觉醒、震撼、目眩神迷。人们看到她，心里会想："我还没有准备好。她与我周围看到的事物完全不一样。"而她的美也让她自己感到激动。她的身体仿佛充溢着青春，就像高脚杯里冒着泡的葡萄酒，青春流淌在她的服饰、她的举手投足以及她微微低垂的颈项间，也流淌在她如舞蹈的脚步、手环踝链的叮当声、她的笑声、她机敏的反驳和她明亮的眼波中。

她的美就是酒，令自己沉醉。经常可以看见她穿着颜色明亮的衣服，不停地在屋顶上踱步，仿佛她希望和着内心无声的曲调，伸展全身起舞。她的动作出于某种喜悦，激荡和推动着她的身体。她的美具有宝石般的许多切面，她仿佛从这些切面接收到一种奇特的脉冲，一种在血液里的搏动。有时她撕下一片草叶，高高举起，乘着微风放开；她的手臂曲线优雅，朝着云端飞起，仿佛笼中放出的一只无形的鸟；她的手镯琤琤作响，纱丽从肩上滑落。

有时她从花盆捡起一小块土，漫无目的地将它洒落四处；不然就是踮起脚尖，从女儿墙垛口之间瞥见外面的广大世界；或者转起圈，让自己身上的纱丽衣角飞起，衣角系着的钥匙叮当响[1]；或者在镜子前面解开发髻，再以千奇百怪的方式重新编好。她先拿头绳系紧发根，洁如茉莉的白牙咬住头绳末端，然后抬起双臂，在脑后把发辫紧紧编成一个髻。接下来无事可做了，她就在那张软床上全身摊开，好似月光照过了叶片。

她既没有孩子，也因家境富裕而没有家务可做。她就这样独自一天天度过，已经渐渐无法压抑自己。她有丈夫，可是丈夫不受她控制。他并没有注意到，她已经完全长成了一个大人，远离童年了。

可是当她还是个孩子的时候，他曾经对她很亲昵。那时候他会逃学，从打盹的保姆眼前溜出去，来跟他的少女新娘玩闹。虽然那时候他俩住在同一栋房子里，他却用花哨的笔记纸给她写信，并且自豪地给同学们看。他对她充满热情，有时两人因为一些小事或者

1　印度主妇穿纱丽时往往将钥匙系在披挂的衣角上。

想象而起了冲突，他就感到糟心。

在那之后，他的父亲去世，他成了这栋房子的主人。没有经过风雨的木板很快就会惹上蛀虫。戈皮纳特很早就当家做主，所以许多害虫寄生在他身上。他游荡得越来越远，也就越来越少回到妻子居住的内宅了。

当上领导者令人兴奋。社交成了一种烈性毒品。拿破仑渴望对人类与历史造成影响，而这种渴望也可以是小规模的，就在会客室里。能够以粗俗的机智创造出一个密友圈子并加以维系，这些人对他满怀钦羡，他对他们颐指气使并赢得他们的掌声：这整件事刺激得让人不可思议。世上有许多人愿意为了它而拥抱债务、丑闻、毁灭。

戈皮纳特发现当头儿很激动人心。他每天都有新的风流给他长脸。在那些追随者眼中，他的如珠妙语无人可比。虚荣与兴奋使他盲目，看不见自己的责任与情感，彻底放纵在无休无止的社交活动里。

与此同时，吉丽巴拉的美是傲慢、专横的，她从自己的卧室，这孤独凄凉的王座，统治着一个没有臣民的国度。她知道神给了她王权，她知道自己轻轻一瞥就能征服从垛口窥见的那个广大世界，可是那个世界里没有一个人属于她。

她有个活泼风趣的女仆，名叫苏达穆吉，昵称为苏多。她会唱歌、跳舞、编打油诗，称颂吉丽巴拉的美，抱怨如此美貌白白浪费在这样粗鄙的丈夫身上。吉丽巴拉彻底依赖她。她沉迷于苏多对她的脸庞、身材、肤色的赞美，有时她加以反驳，指责苏多恭维奉承，但其实以此为乐。苏多发誓自己的看法真实不虚，而吉丽巴拉也很容易就相信了。每当苏多唱着“我匍匐在你脚下，自愿投身束缚”，吉丽巴拉就把它当作一首圣诗，是献给自己这染着指甲的无瑕双足的，并且想象一名爱侣在她的双脚前挣扎。可惜的是，她在空荡的屋顶来回踱步的时候，踝链叮当作响，仿佛威风凯旋，却并没有爱侣前来，向这双脚投身为奴。

不过戈皮纳特倒是拜倒在剧院演员拉班嘉脚下。她擅长表演如痴如醉的神态。每当她假作啼哭，抽抽搭搭地带着鼻音说“我生命的主人，灵魂的主人”，身穿腰布搭配西式马甲与长筒袜的观众就高声喝彩，说“好极了，好极了”。

吉丽巴拉经常听见她丈夫（他偶尔还是会来见她）描述拉班嘉出类拔萃的天赋。她不知道他对拉班嘉的迷恋实际上到了什么程度，总之她感到嫉妒。她不敢想象这世上有个女人具备了她欠缺的魅力与才能。她嫉妒而好奇，经常请求丈夫带她去剧院，但是被他拒绝了。

终于有一天，她给了苏多一点钱，让她去剧院瞧瞧。苏多回来之后，讲起那些女演员就蹙起眉头，皱着鼻子，一脸鄙夷。老天爷，真该拿扫帚往她们头上敲一顿，那些被她们的丑八怪长相和假惺惺的动作迷住的男人也该照样伺候！这番话让吉丽巴拉稍微安心了一点。可是接下来她丈夫已经完全不理会她了，于是她又开始生疑。她把自己的想法告诉了苏多，而苏多以性命起誓，那个拉班嘉就像根烧煳的柴火棍套着破布一样难看。吉丽巴拉无法理解自己的丈夫到底看上这个女演员哪一点，这种对她自尊[1]的打击令她感到刺痛。

于是在一天傍晚，她偷偷带着苏多去了剧院。被禁止的事果然刺激！那灯火通明、热热闹闹的舞台，到处是音乐，四周被观众包围着，她感到自己的血脉搏动，这使得一切看起来更加奇妙。与她那孤单落寞的卧室比起来，这里是节日一般的世界：光彩、美丽，像是一个梦。

当天上演的是音乐剧《止息盛怒》[2]。静场铃响，乐队停止演奏，期待的观众暂时安静下来，舞台的脚灯亮起，幕布拉开，一群打扮成跋阇牧女的女孩，漂漂亮亮，随着音乐跳起舞来，观众的叫好与掌声响彻整座剧院——吉丽巴拉的青春热血汹涌澎湃。这音乐的旋律，这灯光，这些耀眼的戏服与阵阵掌声，都让她暂时忘记了自己在家里的整个世界。她发现有这么一个地方，充满了美丽的、摆脱

---

1 原文是 abhimān，英文里没有一个词可以完整表达它的意思，它包括受伤害的自尊、受伤害的感情以及遭到自己所爱之人的拒绝等。

2 黑天（Krishna、Kṛṣṇa）是毗湿奴的化身之一，广受崇拜与喜爱。他在跋阇（Vraj）度过童年，喜爱吹笛，与沃林达文的牧女们在阎摩那河畔嬉戏。他与罗陀（Radha）的爱情故事以及他在《摩诃婆罗多》里的地位家喻户晓。他的一生主要记录在十三世纪的《薄伽梵往世书》第十章。罗陀对他的爱是孟加拉地区毗湿奴派信仰的重心，并由此产生了许多以中世纪孟加拉语写成的 padābalī（歌词）。此篇原文的名字是 mānbhañjan。在罗陀与黑天故事的戏剧中，mānbhañjan 指的是“解除”（bhañjan，意为“缓和”或“安抚”）罗陀因为被黑天冷落而导致的“自尊受伤”（mān）。此篇的篇名与内容都援引了这一点。

吉丽巴拉的丈夫名为戈皮纳特（Gopinath，“牧女之主”），是黑天的别名之一。——译者注

脚镣的自由。

中场休息的时候，苏多挤了过来，紧张地对她耳语：“太太，该回家了。要是老爷发现的话，我们就完啦！”吉丽巴拉丝毫不在意。现在没有什么吓得了她了。

表演接近高潮。罗陀在盛怒之中，黑天紧张绝望地挣扎——可是他的呻吟哀求完全没有用。吉丽巴拉怒火冲天，就和罗陀一样对于黑天的崩溃感到欣喜若狂。从来没有人这样直截了当地告诉她——她这么一个受到忽视、遭到遗弃的妻子；现在她知道了，自己也能令爱侣痛苦呻吟，这是多么刺激啊！她听说过美也可以是冷酷无情的，她也曾经猜测那是什么情景；而现在，在舞台的灯光与音乐之中，她看到这样的力量转化成了行动。她的脑中燃起熊熊火焰。

终于舞台落幕，煤气灯暗了，观众开始离场。吉丽巴拉还坐着发呆。她想不起要离开剧院回家。这出戏肯定是要永远继续下去的！舞台幕布还会再升起，黑天还会被罗陀打击而消沉，除此之外，没有一件事是真实可信的。“太太，”苏多说，“你在做什么？快来！他们在关灯了！”

当天夜里，吉丽巴拉很晚才回到自己的房间。屋角里一盏油灯闪烁，没有人，也没有声音，只有一顶旧蚊帐在微风中轻轻飘动，蚊帐下是一张空荡荡的床。生活显得残酷而且琐碎得可怕。灯火辉煌的音乐国度在哪里？在那个国度里，她可以从世界的中心支配一切，以她的尊贵泽被天下；在那里，她不再仅仅是个不为人知、无人关爱、毫不显眼的普通妇人。

从那时起，她每个星期都去看戏。第一次看戏时的那种狂喜渐渐消失了。现在她能看出男女演员脸上化的妆，看出他们其实欠缺真正的美，看出来表演的虚假；可是她依然着迷。军号的声音令战士激昂，每次舞台幕布升起，她的心也为之狂跳。这令人心醉的高台兀立于世界，金字挥洒，画幕装饰，绝妙繁丽的音乐与诗歌交织，痴狂的观众催促，在光辉灿烂的灯饰花环之下，这蕴含着舞台下奥秘的高台展示在所有人眼前。对美的女皇而言，有哪一处王座能比它更神奇？

当她第一次在剧院里看见自己的丈夫时，他正在为一位女演员大声叫好，她实在看不起他！她心里苦涩，打定了主意，要是哪天丈夫被她的美貌吸引回了家，像扑火的飞蛾那样在她脚前挣扎，她就堂而皇之地走开，每个脚指甲都闪耀着对他的不屑。只有到了那个时候，她那遭到虚掷的美丽与青春才算大仇得报！可是怎么可能有那么一天呢？现在她几乎见不到他。她不知道他的行踪，不知道他跟那一帮犹如在暴风前打旋的尘土般的帮闲去了哪里。

在制咀罗月[1]的满月夜里，吉丽巴拉穿着春天的淡橘红色纱丽，坐在屋顶上，她的纱丽衣角在微风中飘荡。虽然她的丈夫现在已经不来了，她依然没有放弃经常更换衣装的习惯。珠宝在她身上的效果令人惊叹，她周身有一种闪烁琤纵的光环。今天她戴着一副臂钏、一条红宝石珍珠项链，左手小指上戴着一枚蓝宝石戒指。苏多坐在她旁边，有时抚摩着她那如莲花般无瑕粉红的柔嫩双足，热情

1 Caitra，孟加拉历的最后一个月，儒略历三月中至四月中。

而拙稚地说:“太太呀，如果我是个男人，我就把这双脚捧在胸前，然后去死！”吉丽巴拉骄傲地笑了，说:“你会在那之前死去，因为我会一脚把你踢开！别胡扯了。唱那首歌给我听听。”于是在月光照耀的寂静屋顶上，苏多唱道:

我匍匐在你脚下，自愿投身束缚

且让整个沃林达文见证！

当时是夜里十点钟，大家都已经吃过晚饭就寝。突然戈皮纳特来了，抹着发油，披着轻飘飘的丝巾。苏多慌慌张张，赶紧拉下自己的面纱就跑了。

“属于我的时候到了。”吉丽巴拉心里想。她没抬头看。她像罗陀一样坐着，纹丝不动，高傲庄严。可是舞台幕布并没有升起，戴着孔雀羽头饰的黑天也并没有在她脚前翻滚，没有人唱:“你为什么遮住了自己的脸，使月亮不再有光辉？”戈皮纳特的声音冷淡平板，说道:“请拿钥匙来。”

在这样的春月夜，在这么长的分离之后，这居然是他说的第一句话！那些诗歌、剧本、小说里写的，全是假的吗？在舞台上，爱侣唱着歌前来，投身在心爱的女子脚边。她的丈夫身为观众，也曾为这样的情节而倾倒，可是现在他在春夜的屋顶上，对着举世无双的年轻妻子说:“请拿钥匙来。”没有音乐，没有爱，没有魔力，没有甜蜜，只有彻底的庸俗！

微风的叹息沉重起来，仿佛是因为这种冒犯全世界诗歌的行为而感到痛苦。花盆里的茉莉飘散出芬芳，松散的秀发抚过吉丽巴拉的脸庞与双眼，那一袭熏了香的春色纱丽不安地翻飞。她咽下自己的尊严，站起身来，然后牵起丈夫的手，说道：“进卧室来——我给你钥匙。”她非常肯定，今天她的眼泪将令他哭泣，她那孤独的幻想将要成真，神圣的武器将派上用场，赢得胜利！“我没时间等了，”戈皮纳特说，“给我钥匙。”

“我会把钥匙和上了锁的东西都给你。”吉丽巴拉说，“可是今晚我不会让你出门。”

“不可能，”戈皮纳特说，“我一定得走。”

“那么我就不给你钥匙。”吉丽巴拉说。

“把钥匙给我，不然你等着！”戈皮纳特说，“你试试敢不给我。”这时候他注意到她的纱丽衣角上没有钥匙。他走进她的卧室，拉开梳妆台抽屉，钥匙也不在里面。他砸开她的梳头匣子，里头有眼线膏、朱砂、头绳等，可是没有钥匙。他摸索被褥，翻转床垫，撞开橱柜，把整个房间搜了个底朝天。

吉丽巴拉默默站着，紧紧握住门把，向外望着屋顶。戈皮纳特满腔怒火与不耐烦，朝着她大吼：“我现在告诉你，给我钥匙，不然麻烦就大了。”她没作声。于是他一把抓住她，扯下她的臂钏、项链、戒指，踢了她一脚，就走了。

宅中没有人醒来，附近没有人知道发生了什么事，月夜依然无声，宁静笼罩四周，似乎一点也不曾遭到惊扰。可是如果此刻大家能听见吉丽巴拉怦怦的心跳，那么制咀罗月的月夜会被凄厉悲苦的号哭撕裂，一遍又一遍。如此彻底的沉默，却是如此可怕的心碎！

每一夜都会结束，这一夜也是。吉丽巴拉不能流露自己的耻辱与挫败，即使对苏多也不行。她想到自杀，想到毁掉自己无双的美貌，以此为自己得不到爱而报复。可是她也明白，这么做是不会有什么结果的，这个世界依然不受影响，没有人会察觉这种损失。活着没有趣味，死也不会带来慰藉。

“我要回到父母身边。”吉丽巴拉说。她的老家距离加尔各答很远。每个人都告诉她别去，可是谁的话她也不听，也没带上人陪她。而此时戈皮纳特带着自己的一群帮闲坐船旅游去了，没有人知道他去了哪里。

2

干闼婆[1]剧院的每一场演出，戈皮纳特都不放过。拉班嘉正在主演《玛诺拉玛》，戈皮纳特和他的帮闲坐在前排，一边叫好，一边把装着钱的小布包掷到台上去。有时候他们制造的噪声令其他观众十分恼怒。不过剧院经理可没有胆子制止他们。

有一天戈皮纳特喝醉了，闯进演员休息室，引起一场大乱。不知怎么，他觉得其中一位女演员怠慢了自己，于是动手殴打她。女演员的尖叫和戈皮纳特口不择言的辱骂惊动了整座剧院。剧院经理实在受不了了，叫来警察把他赶了出去。

---

1 Gandharva，乐神。——译者注

戈皮纳特决心要为这次所受的侮辱扳回一城。在祭神节庆前一个月，经理们非常高调地宣布了接下来《玛诺拉玛》的上演档期。整个加尔各答到处贴满宣传海报，仿佛为这座城的女神戴上了一条印着本剧作者的圣名披肩。可就在这个时候，女主角拉班嘉却消失了，被戈皮纳特带着乘船旅游去了。

经理们完全慌了。他们等了几天，可最后还是找来一位新演员出演玛诺拉玛这个角色，还为了排练而推迟首演。不过这没有造成什么损失，剧院依然爆满。大门外还有几百人买不到票。剧评界欢欣鼓舞，这个消息也传到戈皮纳特耳中，虽然当时他还在很远的外地。他实在无法继续缺席下去了。他按捺不住好奇心，于是回到加尔各答来看这出戏。

上半场开演的场景，是玛诺拉玛在公公婆婆家里，衣着寒酸如仆妇，蹑手蹑脚，战战兢兢，团团忙着家务，总是遮起脸，不出声。到了下半场，贪婪的丈夫把她送回娘家，这样他就能另娶一个百万富翁的女儿。婚礼之后，他细看自己的新娘，发现她就是玛诺拉玛，可是已经不再打扮成仆人，而是一位公主了；她的容貌举世无双，穿戴着华服珠宝，通身闪闪发光。原来她在幼年被偷走，与富有的父母分离，长于贫家。而现在她的生父找到了她，把她带回家；在全新的奢华气象之中，她再次嫁给了自己的丈夫。一场婚后的“止息盛怒”就此上演。

结果观众席上闹了个天翻地覆。当玛诺拉玛的脸庞掩藏在仆妇的肮脏面纱之下，戈皮纳特安安静静坐着。可是当她在新娘房里站起来，身穿红衣，珠宝晶莹，盖头掀起，她的美展露无遗。她

Fury apeased

朝着台下微微低头，带着无可言喻的高傲神气，以那愤怒蔑视的目光——如闪电一般锐利——直视着所有人，尤其是戈皮纳特。所有人的心都跳跃起来，轰然的掌声响彻整座剧院。就在这个时候，戈皮纳特跳起来，高声大喊："吉丽巴拉！吉丽巴拉！"他跑上前，企图跳上台去，可是乐手们拦住了他。

观众看得正高兴却被打断，十分愤怒，纷纷用英语及孟加拉语吼了起来："把他赶走！轰出去！"

戈皮纳特哽着嗓子尖叫，像个疯子："我要杀了她！我要杀了她！"

警察来了，把他从剧院里拖了出去。全加尔各答继续尽情观赏吉丽巴拉的演出，除了戈皮纳特。

过客

GUEST

1

马蒂拉尔老爷是卡塔利亚地方的贵族，正带着家人搭船回乡。一天下午，他让船停靠在一处河边市场附近，以便准备用餐。此时一个婆罗门男孩走过来问道:“老爷，您要上哪里去？”这个少年最多只有十五六岁。

“卡塔利亚。”马蒂拉尔老爷回答。

“您可以顺道带我到南迪格拉姆[1]吗？”

马蒂拉尔同意了。“你叫什么名字？”他问。

“塔拉帕达。”男孩答道。

这男孩很美，肤色浅。他的笑容和大眼睛有着青春的优雅。他的身体——赤裸着，只缠了一条腰布——毫无余赘，仿佛出自雕塑家满含爱意的手，又或者他在某一次轮回时曾是年轻的圣人，纯净的虔诚奉献抹去了一切粗粝，把他打磨成晶莹完美的婆罗门。

1 位于印度的西孟加拉邦。

“先生[1]，请过来盥洗吧，”马蒂拉尔老爷体贴地说，“你可以跟我们一起吃饭。”

塔拉帕达说：“我来吧。”然后他毫不犹豫地做起了烹调的工作。马蒂拉尔的仆人是北印度人，不擅长烹饪鱼类。[2]塔拉帕达接过来，很快就做好了这道菜，还熟练地做了一些蔬菜。然后他在河里稍加沐浴，再打开自己的包袱，拿出一件干净的白上衣、一把小木梳。他把额上的长发往后顺着后颈梳齐，整理好身上闪着水光的圣线[3]，才又走上船。

马蒂拉尔老爷请他进船舱。老爷的妻子与九岁女儿也在里面。他的妻子安娜普尔纳见了他，感到一种亲切的吸引力，于是不免疑惑：“这是谁家的孩子？他从哪里来？他的母亲怎么舍得抛弃他呢？”她为马蒂拉尔及男孩摆好坐垫，让这两人并排坐在一起。男孩的胃口不大。安娜普尔纳觉得他肯定是害羞，便极力向他让菜；不过这男孩一旦已经足够，就不会受到引诱而继续取用。很显然他做事完全依自己意愿而行——而他这样的从容并没有任何强势独断的意味。他也并不害羞。

大家都吃完之后，安娜普尔纳坐到他旁边，询问他的家庭情况。她打听到的并不多，唯一知道的是，他在七八岁的时候自己选择了离家出走。

---

1 bābā，原意是父亲，也可用来称呼老人或小孩，表示敬意或喜爱。

2 与孟加拉地区比起来，在北印度不常吃鱼。

3 sacred thread，由三股白色棉线组成的棉线圈，婆罗门男子在十六岁之前举行仪式之后佩戴，由左肩斜挂至腰部右侧。

“你的母亲不在世了吗？”安娜普尔纳问他。

“还在世。”塔拉帕达说。

“她不爱你吗？”安娜普尔纳又问。

塔拉帕达似乎觉得这个问题很奇特。“她为什么会不爱我呢？”他说着笑了。

“那么你为什么要离开她？”安娜普尔纳说。

“她还有四个儿子和三个女儿。”塔拉帕达说。

这个莫名的回答让安娜普尔纳很难过。“为什么这么说呢！就因为我有五根手指，我就要切掉一根吗？”

塔拉帕达还年轻，所以他的人生故事很简短；不过这男孩的确与众不同。他是家里的第四个儿子，父亲在他还很小的时候就去世了。虽然家里手足众多，他却受所有人喜爱：母亲、兄弟、姐妹、邻居，都宠爱他。甚至他的老师也从不体罚他，要是他遭受体罚，每个人都会大为惊骇。他没有理由要离家。那些吃不饱饭的男孩经常从树上偷摘水果，然后被果树主人痛打，却也从不离开老家与总是责骂他们的母亲。而这个众人宠爱的男孩却加入一个亚特拉[1]巡回剧团，不假思索地离开了自己的家乡。

人们四处寻找，终于把他带了回来。母亲紧拥着他哭泣，眼泪沾了他一身，他的姐妹也哭。兄长硬撑着表现得像个监护人，可是

1 yātrā，孟加拉地区广受欢迎的一种戏剧表演，传统上是由巡回剧团以歌曲、演说、舞蹈的形式表现传统故事、时事评论或讽刺。

现今多拼写为 jatra，yātrā 则专指朝圣旅行。两者原意均为长途旅行或前进。——译者注

很快就放弃了勉强的说教，张开双臂欢迎他回家。妇女们邀请他来家中做客，流露的爱护之心甚至更为强烈。但是他不接受羁绊，即使是爱的羁绊也不行；他出生时的星象已经注定了他是一个流浪者。每当他看见来自遥远异乡的修行者坐在本地的菩提树下，或者吉卜赛人坐在河边，编织着坐垫与柳条篮，他的心就开始悸动，渴望自由，渴望出发探索外面的世界。在他离家出走两三次之后，家人与村人终于放弃了希望。

起先，他再一次加入一个巡回剧团。后来团长开始把他当儿子看待，团中不分老少都喜欢他，甚至邀请他们表演的宅第中人（尤其是妇女）也开始对他嘘寒问暖。于是有一天，他没说一句话就消失了，而且再也找不着。

塔拉帕达就像一头小鹿那样提防羁绊，也像鹿那样喜爱音乐[1]。一开始吸引他离家的就是巡回剧团的歌曲。旋律令他浑身战栗，节拍令他的身体摆动。当他还是个小宝宝，他在音乐表演场合就显示出这种成人的肃穆专注，坐在那儿前后摇摆，浑然忘我，长辈们都忍不住被他的样子逗乐。而且不只是音乐，当雨季室罗伐拏月[2]的雨水落在茂密的草叶上，当云层里响起雷声，当风声在林中哀鸣，犹如魔鬼的孩子失去了母亲，他的心就随之远扬。在炎热的正午时

---

1 印度传统上认为鹿喜爱音乐。拉其普特风格的画作（Rajput painting）里，经常表现鹿站在乐手面前，如痴如醉。

拉其普特绘画是印度北部承袭莫卧儿细密画的绘画艺术，兴盛于十七世纪与十八世纪。——译者注

2 Śrāban̤，雨季的第二个月，孟加拉历四月，儒略历七月中到八月中。

分，风筝在高高的空中发出哨声，下着淫雨的傍晚蛙鸣阵阵，深夜里豺狗嗥叫，这些都让他入迷。对音乐的热爱鼓动着他，终于，没过多久，他就加入一群帕恰利[1]歌者。团长把歌曲细心教给他，又训练他默记帕恰利的唱词与台词。团长也开始爱护他如亲生子一般。塔拉帕达像是笼中的宠物鸟，学了一些歌之后，在一个早晨又飞走了。

最后他加入一群体操杂耍艺人。从逝瑟咤月到頞沙荼月[2]，这个地区有一个巡回市集。流动剧团、帕恰利歌者、吟游诗人、舞者、小摊贩，都搭着船从这个地点到下一个地点。这个市集从第二年开始，多了一小群来自加尔各答的体操杂耍艺人。起先塔拉帕达加入的是小贩，在市集上卖槟榔[3]。可是他天生的好奇心让他注意到这些杂耍艺人的高明技巧，于是加入了他们。之前他已经自学笛子，吹得非常好。于是在他们演出的时候，他就快速吹奏勒克瑙地方的图姆里[4]曲子——这就是他的唯一任务了。

他最近刚刚离开这群杂耍艺人。他听说南迪格拉姆的地方贵族们成立了一个业余的亚特拉剧团，规模很大，于是就打好包袱，往

---

1 pãcālī，孟加拉地区的一种叙事表演，形态包括音乐、舞蹈、诗歌，讲述黑天与罗陀之间的故事，以及其他传统主题，通常风格是艳情、幽默或者讽喻。

2 Jyaistha 与 Āṣāṛh，孟加拉历二月及三月，儒略历五月中到七月中，为当地夏季第二个月及雨季第一个月。

3 pān，槟榔加上贝壳粉、香辛料，裹在蒌花叶中。

4 thuṃri，一种情歌，轻快、流行，通常用于舞蹈与戏剧表演。勒克瑙地方的图姆里可能有波斯 – 阿拉伯影响。

勒克瑙（Lucknow），印度北方城市，现在是北方邦首府。——译者注

那里出发，路上遇到了马蒂拉尔老爷。

虽然塔拉帕达曾经与各色各样的团体有关联，可是他的天性却没有受到任何腐化。在内心深处，他是完全超然自由的。他听过下流话，见过可怕的景象，但是这一切并没有在他心里留下痕迹。他丝毫不留意这一切。他浮游在这世上的浑水之中，身上是纯白的羽翼，犹如一只天鹅。虽然他的好奇心多次促使他潜进水中，他的双翼却丝毫没有濡湿，也毫无脏污。这个离家出走的孩子，神情中却有一种纯净天然的无邪。甚至连老于世故的马蒂拉尔老爷也丝毫没有疑心，便邀请他与自己的家人同行，并且对他满是亲切温情。

2

到了下午，船又起航。安娜普尔纳慈爱地继续询问他关于家人与家庭背景的事。他简单回答之后，走出船舱，躲到甲板上。雨季中的大河涨水已到了极限，仿佛正以它的滚滚激流侵扰着大地。在晴空万里的阳光下，沿岸半没在水中的芦苇、岸上长着多汁甘蔗的农田、在远方亲吻着地平线的灰绿树林，似乎都被金色的魔杖轻轻一点，转变为全新的美。天空惊异地凝视着大地，默默无语：万物都是活生生的，都在搏动，沉浸在明亮的阳光里，闪耀着新气象，喷薄着富饶。

塔拉帕达躲在船顶上船帆的阴影里。斜坡上的牧草地，潮水淹没的黄麻田，青翠的晚秋稻浪，通往河岸台阶[1]的小径，掩映在周围树荫下的村庄，一件接一件，进入眼帘。这水、这土地、这天空，生命的活动与声音，高低参差的景物与广袤的大地，这巨大、坚定、静默、沉着凝视着的自然世界，他与这一切亲密联结在一起。但它从未有一刻试图把他紧按在自己充满爱意的怀抱里。岸上小牛甩着尾巴奔跑；正在吃草的小马驹摇摇晃晃蹦跳；翠鸟从渔网杆子上俯冲而下，扑通入水捕鱼；男孩们泼水嬉戏；妇女站在齐胸的河水里高声闲聊，同时在身前撒开纱丽，好让它浮在水上便于搓洗；卖鱼的妇人挽着篮子，身上的纱丽提起来掖紧了，正在向渔夫买鱼。塔拉帕达满怀不知倦怠的好奇，注视着这一切——他的双眼永不餍足。

他坐在那里，很快就和船上的水手聊了起来。有时候他拿起竹篙来撑船。艄公要吸口烟的时候，他就接过舵把；船帆需要调整方向的时候，他就来帮忙，极其熟练。

接近薄暮时分，安娜普尔纳呼唤塔拉帕达，问他："晚上你想吃什么？"

"都可以，"塔拉帕达说，"我不是每天都吃东西。"

对于她的殷勤，这位美丽的婆罗门男孩却是无所谓的态度，这使得她感到不甚自在。她渴望喂饱他，给他衣穿，施以援手，可是她却找不到使他开心的方式。她特地差遣仆人去买了牛奶与甜点。塔拉帕达很乐意地吃了甜点，不过没碰牛奶。甚至寡言的马蒂拉尔

1　ghāṭ，指的是水池、池塘、河边的阶梯。在孟加拉地区的河边，这个词指的不只是人们盥洗、洗衣、聊天的场所，也是船只下锚的地方，抵达与离开的地点，迎接与永别的地点。泰戈尔以这个词作为其书信集的标题之一。

也敦请他喝点牛奶，可是他只说：“我不喜欢牛奶。”

三天过去了。塔拉帕达娴熟地参与每一件事，从做菜与采购到驾驶船只。他看见的一切都让他感兴趣，他参与的每一项活动都让他专心致志。他的眼睛、他的双手、他的心灵，一直不停歇。他就像大自然，永远宁静、超然，也永远忙碌。人们通常固定居住在一个地方，可是塔拉帕达仿佛是永无尽头的生命激流上一朵喜悦的浪花：过去与未来没有任何意义，奔流向前才是唯一重要的事。

他与不同群体相处过，所以学会了人们喜欢的各种技艺。他铭记事物轻而易举，因为他没有任何忧思萦绕心上。他会唱述帕恰利、民间故事、基尔坦[1]，还有长篇的亚特拉。马蒂拉尔老爷习惯给妻女朗读《罗摩衍那》。一天傍晚，他正开始读俱舍与罗婆[2]的故事，塔拉帕达没忍住，从船顶上下来，说道：“把书搁一边吧。我知道一首俱舍与罗婆的歌——你们听听吧！”

他开始唱一首帕恰利，这是达舒罗伊[3]的诗歌，甜美如笛声，流畅悠扬；船上的水手都靠过来，从舱门外觑看。随着薄暮降临，如小溪一般的笑声、哀叹、乐声，在晚风中飘散：两岸为之全神贯

1 kīrtan，在孟加拉地区通常是一种简单的宗教歌曲，或者圣歌（bhajan），不像古典歌曲那样复杂。
名称出自梵文，意为“口述”“背诵”“讲述某理念或故事”。这种表演形式遍布印度次大陆各宗教信仰团体。——译者注

2 罗摩与悉多的双生子，在《罗摩衍那》的作者蚁垤的静修处长大。在《罗摩衍那》的最后一篇，两兄弟学唱了罗摩的故事，所以俱舍与罗婆的歌（kuś-laber gān）就是俱舍与罗婆演唱的各种罗摩故事歌曲。

3 Dashu Ray（1806—1857），伟大的孟加拉语帕恰利作者。

注，交会的船上，人们也一时入迷，侧耳倾听。这首帕恰利曲毕，每个人都深深叹息，希望它能永远不停。安娜普尔纳泪眼婆娑，她渴望拥抱这个孩子，把脸埋在他的头发里。马蒂拉尔老爷想：“如果我可以想办法让他留下，我没有儿子的遗憾也就得到了弥补。”不过他的女儿恰鲁莎希，心里又羡又妒。

3

她是家中唯一的孩子，享有父母全部的爱。她的任性固执无休无止。关于饮食、衣着、发型，她都有自己的意见，而且善变。每次她应邀外出，她的母亲就要开始担心她会在衣装上提出无法满足的要求。如果发型让她不开心，那么一再重梳也无法改变什么，到最后又发一顿脾气罢了。在每件事情上她都是如此。不过如果心情好，那么她对什么事都服服帖帖——而且会对母亲表现出极度的爱意，拥抱她，亲吻她，笑得东倒西歪。这孩子就是一个谜。

可是现在，她的多变情绪开始集中在针对塔拉帕达的强烈敌视上，而且她给父母增加了额外的麻烦。用餐的时候她绷着脸，推开餐盘，她挑剔烹调，打女仆耳光，反对每一件事。塔拉帕达的表现越是让她与其他人赞叹，她就越生气。她才不会承认他有哪怕一丁点长处，而那些无法否认的证据使得她更加吹毛求疵。那天晚上塔拉帕达唱了俱舍与罗婆之歌，安娜普尔纳就想：“音乐能够驯服野兽，也许我的女儿也能变得温和。”

“恰鲁，你喜欢这首歌吗？”她问女儿。女孩没回答，只是一甩头，意思就是：“我一点都不喜欢，而且永远都不会喜欢。”

安娜普尔纳知道女儿是在嫉妒，所以从此不在她面前流露对于塔拉帕达的关心。每天入夜之后，他们早早吃过饭，恰鲁就去睡了。安娜普尔纳坐在舱门边，马蒂拉尔老爷与塔拉帕达坐在舱内，此时应安娜普尔纳之请，塔拉帕达就开始唱歌。他的歌声就是睡眠女神，河岸上灯火已熄的人家，随之深深陷入恍惚的睡乡，而安娜普尔纳的心充满了爱与赞赏。可是恰鲁会爬起来大喊，气得眼泪汪汪：“母亲，这声音这么吵，我睡不着！”父母打发她一个人就寝，自己却坐着听塔拉帕达唱歌，她觉得这实在让人无法忍受。

这个暴躁的黑眼睛女孩与生俱来的激烈性子，让塔拉帕达觉得有趣。他给她说故事，给她唱歌，吹笛子给她听，费了很大精神要让她回心转意，可是丝毫没有成果。每天下午，他在涨水的河中沐浴、梳理头发，纯净的身体犹如年少的水神涵泳现身——只有这个时候，她才会忍不住感受到一点点吸引力。此时她会仔细观察他。可是她并没有向任何人透露自己的关注，而且——因为她是个天生的演员——总是继续织着一条毛线围巾，对于塔拉帕达在水里的活动表现出明显的不为所动。

4

他们经过南迪格拉姆，而塔拉帕达并未留心。这艘大船有时借

SHUANG
MARKET
ONE

风力前进，有时由纤夫拖曳，缓缓顺流而下，进入支流。在景致的静与美之间，乘客的日子也以温柔轻松的步调流过。每个人都不着急，以戏水与吃喝打发漫长的午后。到了黄昏，船就泊在村庄的河岸台阶前，所倚靠的树荫中有蟋蟀窸窣，还有萤火虫来照亮。

大约这样过了十天之后，他们抵达卡塔利亚。老爷宅中派来了小马与一架轿子，迎接他们回家；仪仗队（配有竹杖）发射了一轮空弹，与当地村民的喧闹互相呼应。

这时候塔拉帕达悄悄下了船，很快在村里各处遛了一遍。他喊这个人老爷子，喊那个人大叔，此外还有大姐、阿姨，不过两三个钟头，他就跟村里每个人都交了朋友。他没有通常的羁绊，因此能够以惊人的从容与速度结识他人。没有几天，他就赢得了全村人的心。

他与每个人都是平等相处。他不循传统，但是能够适应所有情况与行业。与男孩在一起，他就是个男孩，虽然有点疏离而特别；与年纪较长的人在一起，他就不是男孩了，但也

不过于早熟；与牧人在一起，他就是牧人，也是个婆罗门。他参与不同事务，仿佛这辈子早已惯于参与这些。有时候他在甜点店里闲聊，可能店主就说：“你可以帮我看一会儿吗？我去去就来。”塔拉帕达便坐下来，泰然自若，擎着一枝娑罗树叶，为奶酪[1]点心赶走苍蝇。他甚至自己就会做甜点，还多少会点织布，对于使用旋盘制陶也并不陌生。

塔拉帕达支配了整个村庄，只有一个女孩的敌意是他无法征服的。也许正是因为她恨不得他离开，所以他才在这里待了这么长时间。不过恰鲁莎希证明了女性的内心是多么难以蠡测，虽然她还是个少女。

村里一位婆罗门遗孀[2]的女儿索纳玛妮，在五岁时就死了未婚夫；她是恰鲁的玩伴。前阵子她病了，没能出门来看朋友，痊愈之后，就来拜访了，可是两人几乎毫无理由地吵了起来。

恰鲁对索纳玛妮说了很多关于塔拉帕达的事。她描述他有多么珍贵可爱，希望借此使得自己的朋友惊奇着迷。可是她发现索纳玛妮认识他，他称呼她母亲为阿姨，而索纳玛妮叫他大哥。恰鲁得知，他不但为这母女俩吹笛演奏基尔坦曲子，甚至还应索纳玛妮之请为她做了一支竹笛，他还为她从高枝上采水果，从荆棘中摘花。恰鲁听到这一切，仿佛被熊熊燃烧的刺枪猛然戳穿。

之前她以为塔拉帕达是自己家的塔拉帕达——受到严密守护，

1 sandeś，孟加拉地区以凝乳做成的甜点。

2 Bāmunṭhākrun，对婆罗门孀妇的称呼。

普通人就算能瞥见一眼，也不可能抓住他；他们只能从远处赞叹他的美与才华，而她的家人也借此获得荣光。索纳玛妮怎么可以这样轻易接触这个独一无二的、深受神恩的婆罗门男孩？如果恰鲁的父母没有接纳他，没有这么照顾他，索纳玛妮怎么可能有机会见到他？还大哥呢！恰鲁一想到这件事，就怒火中烧。

恰鲁曾经拼了命要以敌意的箭镞将他射倒在地，而现在却急着宣称对他拥有独占权，这到底是为什么呢？明白的人自然明白。

那天后来，恰鲁为了另一件小事与索纳玛妮发生严重争执。然后她冲进塔拉帕达的房间，找到他心爱的笛子，粗暴地把笛子又踩又踹。她正在这么发作的时候，塔拉帕达进来了。这女孩儿的破坏场面让他觉得不可思议。

“恰鲁，你为什么在摔我的笛子？”他问。

“我想摔！我要摔！”恰鲁双眼通红，涨红着脸大喊，她一面猛踩已经被砸坏的笛子，一面响亮地抽抽搭搭，然后跑出房间。塔拉帕达捡起笛子的碎片，反复细看，可是笛子已经无法使用了。这样拿他老旧无辜的笛子来泄愤，实在荒唐，他忍不住哈哈大笑。他觉得，恰鲁莎希每一天都越来越有趣了。

马蒂拉尔老爷的图书室里，那些带插图的英文书籍也令他感兴趣。塔拉帕达了解的知识颇为丰富，不过他完全无法走进这些图画的世界里。他试着运用自己的想象力，可是结果并不尽如人意。马蒂拉尔发现他对这些书有兴趣，有一天便说：“你想学英文吗？这样你就可以看懂这些图画了。”

“我很希望学。”他马上答道。

马蒂拉尔老爷很高兴地约好了村里中学的校长拉姆拉坦老爷，每天傍晚来教他。

5

塔拉帕达开始学英文，他精神专注而有毅力。这件事把他带进一个之前无法企及的国度，与他从前的世界毫无关联。当地村民也不常见到他了。只有在黄昏时分，他到无人的河边去，很快来回踱步，背诵课文，那些忠诚追随他的男孩从远处郁郁不舍地看着他；他们不敢打扰他的学业。

现在恰鲁也不常见到他了。从前塔拉帕达是在女眷的住处用餐，有安娜普尔纳慈爱注视着；可是这样用餐的时间很长，所以他请马蒂拉尔老爷安排他到外头来吃。安娜普尔纳为此有点委屈，并表示反对，但是马蒂拉尔很高兴塔拉帕达这么渴望学习，所以同意如此安排。

恰鲁现在也坚持要学英文了。三心二意的女儿有了这种新点子，她的父母一开始只感到有趣，爱宠地取笑；不过她的眼泪很快就让此事不再可笑了。这夫妻俩溺爱孩子，所以不得不让步，于是恰鲁就开始与塔拉帕达一起跟着同一位老师读书。

事实上，她这么静不下来的性子是不适合读书的。她自己什么也没学起来，只是在扰乱塔拉帕达学习。她落后很多，没法熟记任何内容，却又忍受不了自己被抛在后头。如果塔拉帕达进度超过她，进入下一课，她就大发脾气，眼泪汪汪。每次他读完一本书，买了一本新书，她就也得买一本。他在空闲的时候，就坐在自己的房间里研读、写作业，而善妒的恰鲁受不了这些，她往往悄悄进来，把墨水倒在他的练习本上，偷走他的笔，甚至从书里撕掉他开始学习的章节。大部分情况下，塔拉帕达都是兴致盎然地承受下来；要是她太过分了，他就会拍打她，不过他还是不大能控制住她。

后来发生的一件事帮了他。有一天，他实在是厌烦了，就撕掉被泼了墨的练习本，闷头坐着。恰鲁走到房门口来，准备着又要被责打。可是什么也没发生，塔拉帕达继续一声不响地坐着。她走进走出，有几次非常接近塔拉帕达，要是他想伸手的话，很容易就能在她背上重重拍几下。但是他并没有这么做，依然一脸严肃阴沉。恰鲁实在进退两难。她从来没学过如何请求原谅，然而现在她十分急于取得原谅。到了最后，她眼看是没有别的办法了，就拿了一张撕破的练习纸，挨着塔拉帕达坐下，以大大的圆笔书写体写下："我再也不会在你的练习本上泼墨水了。"然后她费尽心思吸引他的注意。终于塔拉帕达憋不住了，哈哈大笑起来。恰鲁又羞又怒，冲了出去。要是她能够抹去这些使得她低头的墨渍，她的怒火就可以平息了。

在这段时间，索纳玛妮来过一两次，可每一次都提心吊胆，徘徊在教室外。在很多事情上她与好友恰鲁莎希十分亲近，可是关于塔拉帕达的事，她就怕她，不信任她。有时候恰鲁在内宅里，索纳玛妮怯怯地站在塔拉帕达的房门外。此时他就会从书上抬起头来，温和地说："索纳，有什么事？怎么了？阿姨还好吗？"索纳玛妮就答道:“你很久没来看我们了——母亲希望你偶尔可以来。她腰酸背痛,所以没法自己来看你。”

这时候恰鲁就可能出现了。索纳玛妮惊慌失措,感觉自己像做了贼。恰鲁一脸怒容,对着她尖声喊叫:“好啊!索纳!跑到这里来打扰我们读书!我要告诉我父亲!”仿佛她自己是塔拉帕达的监护人,唯一的目的就是不分昼夜地看守他,以防他的学业受到干扰!不过她到底是为了什么不时来到塔拉帕达的房间,老天爷并非一无所知,塔拉帕达也很明了。可怜的索纳玛妮支吾其词,恰鲁恶狠狠地说她是个骗子,于是她畏缩了,心里十分难过,不再辩解。体贴的塔拉帕达叫住她,对她说:“索纳,今天傍晚我来看你们。”恰鲁像一条蛇那样嘶着声音说:“你怎么能去?你的课怎么办?我要告诉老师!”

对于恰鲁的威胁,塔拉帕达不为所动,连着两个傍晚都去了索纳玛妮的家。到了第三天,恰鲁冷不防悄悄拉上他房门的插销,然后拿来她母亲的香料箱上的锁头,把他锁在房里。她把他像囚犯一样关了一整个傍晚,直到吃饭的时候才放出来。塔拉帕达心里生气,打算不吃饭就出门。激动紧张的恰鲁双手紧握,不断喊着:“我答应你——我发誓,我不会再这样了。求求你,请吃了饭再走!”可是连这样也没有任何效果,她就开始号哭,于是他不得不回来吃饭。

恰鲁在心里向自己承诺了很多次,要得体地对待塔拉帕达,不会再烦扰他;可是每次索纳玛妮或者其他人出现的时候,她又勃然大怒,无法控制自己。如果她安静了几天,塔拉帕达就会做好心理准备，面对下一次风波。没有人能预测袭击将如何发生、基于什么理由。总之会有一场强烈的暴风雨，接着是眼泪泛滥，在这之后，和平与爱意会再次降临。

6

就这么过了将近两年。塔拉帕达从来没有和任何人有这么久的牵系。也许是他的学业留住了他。或者他长大了，性格也随之改变，一处舒适宅邸所代表的安稳比从前更有吸引力。也许他那位同学的美丽容貌——虽然她的脾气一直很坏——也正在发挥下意识的影响。

这时候恰鲁十一岁了。马蒂拉尔老爷已经为她找到两三个合适的结婚对象。现在她既然已经到了婚龄，她父亲就禁止她继续读英文书以及外出访友。她为了这些新禁令大闹一场。

于是有一天，安娜普尔纳对马蒂拉尔说："何必到外头去找姑爷呢？塔拉帕达会是个很好的丈夫的。而且你女儿喜欢他。"

马蒂拉尔听了这个建议，十分惊诧。"这不行。"他说，"我们完全不知道他的家庭背景。她是我唯一的孩子，我要她嫁得好。"

拉亚当格阿[1]当地贵族宅中来了一些人，要来看这个女孩。恰鲁被悉心打扮起来，可是她把自己锁在房间里，拒绝出来。马蒂拉

1 Raydanga，位于孟加拉国，是泰戈尔家族老宅附近的一个村庄。

尔老爷在门外又求又骂，没有任何结果。最后他只好对拉亚当格阿的代表说了谎：他的女儿突然生病，今天无法露面。来人听了他这个牵强的借口，推测这女孩儿应该是有某种残疾。

马蒂拉尔老爷开始思考，塔拉帕达的确很体面，外在的每一方面都很好；可以让他住在自己家里，这样自己的独生女就不必住进别人家里去。他知道这个骄横女儿的缺点，自己与妻子可以一笑置之，但是公公婆婆不会这么轻易接纳的。

马蒂拉尔夫妻俩详细讨论之后，派人去了塔拉帕达老家，打听他的家庭。得到的消息是他家很穷，但是属于高种姓。于是马蒂拉尔老爷给他的母亲与兄长送去求婚的提议。他们非常高兴，马上就同意了。

至于卡塔利亚这边，马蒂拉尔与安娜普尔纳商议了婚礼的日子与时辰，不过天性谨慎的马蒂拉尔把这整件事瞒得密不透风。

可是恰鲁却是拘束不了的。有时候她像骑兵进攻一般冲进塔拉帕达的房间，打扰他读书，她的情绪可能是怒气、热切，或者轻蔑。虽然他这么超然独立，但面对她的这些行为，有时候也会在心中感到一阵陌生的悸动、一种电流。到目前为止，他一直在时光的水流上轻快静谧地飘荡；可现在，让人分心的奇怪白日梦却不时将他网罗捕捉。有时候他放下自己的课业，走进马蒂拉尔老爷的图书室，翻阅那些附插图的书页；他心中与这些图画混合在一起的想象世界已经改变许多——比从前更加丰富多彩。他没法再像过去那样嘲笑恰鲁的怪异行为。现在每次她发脾气的时候，他再也想不到要打她了。这种深刻的改变，这种强烈的吸引，像是一个全新的梦。

马蒂拉尔老爷把婚礼定在雨季的室罗伐拏月里，并且给塔拉帕达的母亲与兄长送去了消息；不过他没有告诉塔拉帕达本人。他让自己在加尔各答的管家雇了一支鼓号乐队，还订购了婚礼上要用到的所有物品。

天上出现了雨季开始的云层。村里的河流已经干涸了几个星期，四处零星有些水坑，小船搁浅在这些泥水里，干涸的河床满是牛车的车辙。而现在，就像雪山神女回到了自己父母的家中，哗哗水流回到了村庄等待的怀抱里：光着身子的小孩在河岸上又跳又叫，饥渴欢乐地跳进水中，仿佛要拥抱这条河；村民们凝望着大河，像看着一位亲爱的朋友；生命与喜悦的巨浪，滔滔涌过干渴的村落。装满货物的船只，有大有小，来自远近各处；在傍晚，河岸的台阶上回荡着异乡船夫的歌声。

沿河各村已经被圈禁在自己的小小世界里有一整年了，而现在因为有了雨，外面的广大世界乘着泥土色的水之马车，为这些村子带来奇妙的礼物，就像来看望自己的女儿一般。与世界接触的自豪，暂时含纳了土里土气的狭隘；万事万物都变得更活跃；远方城市的繁忙生气来到这个昏昏欲睡的地方，整片天空都在鸣响。

这时候在库鲁尔卡塔，在纳格家族的庄园里，即将举行著名的乘车节[1]。在一个月光清朗的傍晚，塔拉帕达去了河岸台阶，看到湍

1 Ratha Yatra，以印度东部奥里萨邦最为著名。乘车节是毗湿奴派的重要节日，于沐浴节（阳历六月与七月间）后第十五日举行。据传为札格纳特（Jagannātha，黑天之化身）沐浴后乘车外出的纪念日。信徒洗净并粉刷札格纳特神像，置于数十尺高的大车上，运至其他神庙，并停放于离宫中十四日。

急的洪流上，有载着旋转木马与亚特拉剧团的船，还有货船，都在飞快朝着节庆所在地前进。经过的船上有一个来自加尔各答的管弦乐团，正在乐声嘈杂地排练；亚特拉剧团一面随着提琴伴奏唱歌，一面按着节拍高喊；来自陆上的朝西赶路的水手们，手中的铙钹与咚咚鼓声划破天际。多么令人兴奋！

然后来自东方的层云，以巨大的黑帆遮住了月亮；一阵东风猛然吹起，朵朵黑云滚滚而过；大河奔涌激荡，河边摇曳的树影更显得黑暗，蟋蟀嘈嘈犹如锯木。在塔拉帕达眼中，这整个世界就是一场乘车节庆典：车轮辘辘，旌旗飞舞，大地摇震，飞云盘旋，疾风奔腾，河水滔滔，船舻扬帆，歌声悠悠！天上有雷鸣隆隆，闪闪电光劈过，从那幽暗的远方，已经传来奔流般暴雨的气息。然而河边的卡塔利亚村对这一切浑然不觉，它关上每一扇门，吹熄了灯，上床就寝。

第二天早上，塔拉帕达的母亲与兄弟抵达卡塔利亚；同一天早上，还有来自加尔各答的三艘大船，满载着婚礼用品，在贵族家的河岸台阶旁靠岸；也是在这同一个早晨，索纳玛妮一大早就带了裹在纸里的杧果汁甜点[1]，还有包在叶子里的腌菜，小心翼翼地站在塔拉帕达的房门外——可是塔拉帕达已经不见踪影。在一个积云的雨季夜晚，就在爱与情感的羁绊完全包围他之前，这个婆罗门男孩，偷走了所有村民的心的人，回到了无拘无束、超然平静的大自然怀抱里。

---

1 āmsattva，一种美食，将杧果汁在阳光下曝晒而成。成品类似零食果丹皮。——译者注

小媳妇

HOUSEWIFE

我们升上高年级之前两三年，老师是希伯纳特。他的胡子刮得精光，头发剪得很短，留了一根小辫儿。学生们只要看见他，就吓得不知所措。在动物界里，会刺人的就不咬人，而这位老师兼而有之。他的拳头与耳光就像砸向小树苗的冰雹，他的讥讽也把我们从外到里烧透。

他抱怨现在弟子与先生之间的关系大不如前，学生不再把老师敬若天神。话才说完，他就仿佛遭到怠慢的神祇，抡起神力往我们头上招呼，发出雷鸣般的咆哮；只不过他的咆哮当中带着许多粗俗言语，没人会以为这是真的在打雷。他的相貌平平，是常见的孟加拉人长相，衬不起他这番动静，所以也不会有人误以为三年二班的这位大神是因陀罗、旃陀罗、伐楼拿或室建陀。[1]

所有神明里只有一尊像他，就是死神阎摩。这么多年过去了，

1　这里提到的四位分别为：主神，月神，空气与风神，战神。——译者注

现在吐实也无妨，那就是当年我们都希望他能当场回到阎摩的地府去。显然没有哪位神明比得上人间的活神这么凶恶。永生的天神绝不会带来这么多麻烦。如果我们摘下鲜花献给天神，他们会很高兴；如果我们没献花，天神也不会因此烦扰不休。但是人间的神需索大得多，要是我们礼数稍有欠缺，他们就勃然大怒，两眼血红，施罚降罪，看上去一点也没有神明的样子。

这位老师自有折磨学生的手段，这个手段听起来似乎是小事，实际上却可怕而残酷。那就是给我们取一些新的名字。虽然名字不过是一个字眼，但是人们通常都爱惜自己的名字胜过生命。人们愿意为了光大自己的名字而不畏劳苦，愿意为了自己的名字而死。如果你刻意扭曲一个人的名字，那么你伤害的是比生命更宝贵的东西。即使你把某人难听的原名改成漂亮的名字，比如把“鬼王”改成“爱莲”，他也无法忍受。从这件事我们可以归纳出一个原则：对我们而言，抽象的事物比实际的物质更珍贵；付给金匠的费用，似乎比黄金本身更可爱；荣誉比生命更重要；一个人的名字，重于其人本身。

由于人性中这种根深蒂固的定律，当老师给沙希谢卡尔（月冠）取了一个外号“贝塔基”（尖嘴鱼[1]）时，这位同学感到非常痛苦。而且他明白这个外号是针对他的长相的，因此心里更加难受，但是他只能坐着一声不吭，默默忍受。

阿舒的外号是“吉妮”（小媳妇），而且这个外号的背后有一段

1　尖吻鲈。——译者注

故事。

阿舒是班上的乖宝宝。他从来不向任何人发牢骚，很腼腆，可能是班上年纪最小的孩子。不管别人对他说什么，他都是温和地微笑以对。他很用功。很多同学想和他交朋友，可是他从来不跟别人玩，每次我们一放学，他就径直回家。每天下午一点，他家的小女仆就给他送来一些树叶包裹的甜点，还有一个装了水的青铜水罐。每次阿舒都非常难为情，巴不得小女仆赶紧离开。他不希望自己在同学眼中只是个小学生。他家里的人，包括他的父母、兄弟姐妹，关于他们的一切，都是他的隐私，他竭尽全力不让同学们知道一丝一毫。

到目前为止，他在学业方面都是无可挑剔的，但是偶尔会上学迟到，而且希伯纳特质问他的时候，他给不出合理的解释。他在这种场合所遭受的耻辱实在骇人听闻：老师罚他站在教室楼的台阶前，弯下腰，双手撑在膝盖上；让四个班级的所有学生都看见他的痛苦与屈辱。

某一次（纪念月食的）节日过后，希伯纳特像往常一样，坐在自己的高凳上，盯着教室门口。他看见阿舒走进来，手里拿着课本与写字的石板——裹在墨渍的包袱里。阿舒比平时更迟疑了。

“小媳妇来啦！”希伯纳特大笑着挖苦。然后，在讲完课，让我们下课之前，他高声说：“大家注意听我说。”

仿佛整个地球的地心引力都拽着阿舒往下沉，他只能坐在长凳上，两条腿与腰布的衣摆低垂，所有学生盯着他瞧。他的一生还很长，还有许多欢乐、哀伤与羞惭的日子——都比这一回更加重大，但是都比不上这一回他年幼的心所受的伤。可是这件事背后的故事是很平常的，几句话就能解释清楚。

阿舒有一个小妹妹。她没有同龄的朋友与亲戚，阿舒就是她唯一的玩伴。阿舒的家门口有一道带雨棚的长廊，前边是一扇门与一些扶手。节日那天多云下雨，零星几个人从他们家门前走过，手里提着鞋，头上打着雨伞，匆匆忙忙，无暇四顾。阿舒陪着妹妹坐在长廊台阶上玩了一整天，积云的天色阴沉，雨声吧嗒吧嗒。

这一天是小妹妹的玩具娃娃结婚的日子。阿舒正在一丝不苟地指导妹妹准备婚礼。这时候问题来了：谁来当主持婚礼的教士呢？小妹妹突然一跃而起，然后阿舒就听见她问某个人："请问你可以为我的洋娃娃主持婚礼吗？"阿舒转过来，看见一身狼狈的希伯纳特站在雨棚下，正在收拾手里的湿雨伞。他是正走在路上，暂时在这里躲雨。小妹妹请求为娃娃主持婚礼的人，就是希伯纳特。

阿舒一看见他，顾不得游戏与妹妹，一头钻进屋子里。他的节日已经彻底毁了。

第二天，希伯纳特以让人难堪的消遣口吻描述以上场面，仔细说明他为什么在所有人面前叫阿舒"小媳妇"。一开始阿舒就像平时听到其他事情一样，礼貌地微笑，试着稍微融入周遭的欢笑。可是这时候，一点钟到了，所有班级下课了，他家的小女仆站在门口，带来包在娑罗树叶里的两块甜点，还有装在亮晶晶的青铜水罐里的水，于是阿舒的微笑消失了，整张脸和两只耳朵通红。他前额发疼，血管开始抽搐。他终于抑制不住滚滚而下的泪水。

希伯纳特在休息室里吃了一顿便饭，舒舒服服抽起烟来。学生们围着阿舒手舞足蹈，齐声喊叫:“小媳妇，小媳妇！”阿舒明白了，全世界最不光彩的事，就是在学校放假的日子跟自己的小妹妹一块儿玩，而且他不相信人们会忘记他曾经做过的这件事。

喀布尔人[1]

KABULIWALLAH

我五岁的女儿米妮连五分钟不说话都不行。她出生一年就学会了说话，从那以后，她醒着的时间里就没有过一分钟保持沉默。她母亲经常训斥她，要她闭嘴，可我却做不到。米妮安静的时候，感觉非常不自然，让我无法接受。所以她很喜欢对我叽叽喳喳。

一天早上，我正开始写小说的第十七章，米妮过来对我说："父亲，门房拉姆多亚拉把乌鸦叫作 kauyā，不是 kāk。他真是什么都不懂呀！"

我还没来得及告诉她这世上有多种语言，她又提起另一件事。"父亲，你猜怎么着，博拉说天上有一头大象，从鼻子里喷出水，就是下雨了。他这是胡说些什么呀！一整天的，说个没完。"

她也没等我对这件事发表意见，突然又问："父亲，母亲跟你是什么关系呀？"

---

1 Kabuliwallah，阿富汗人或喀布尔人，在印度通常是走街串巷的小贩。

“问得好[1]。”我心里说。不过我对米妮答道：“跟博拉玩儿去吧。我还有事要做。”

可是她在我的写字桌旁坐下来，挨着我脚边，然后拍着自己的膝盖，开始全速念诵儿歌“阿格度姆、巴格度姆”。这个时候，在我的第十七章里，普拉塔普·辛格正趁夜从牢房高处的窗户往下跳进河里，怀里还抱着坎钱玛拉。

我的书房窗户正对着路边。米妮突然又撇下“阿格度姆、巴格度姆”游戏，跑到窗边大喊：“喀布尔人，喀布尔人！”

一名高大的喀布尔人，穿着脏了的传统宽松上衣与长裤，头上包了缠头，肩上背着布袋，手里拿着三四盒葡萄，正沿着路缓缓而行。他这副模样在我可爱的女儿心中到底引起了什么联想，实在很难捉摸清楚，反正她开始冲着他大喊、尖叫。我心想，他肩上那个摇摇晃晃的布袋会惹来麻烦，我的第十七章今天是写不完了。不过米妮的喊叫引起那人注意，他带笑望着我们，然后开始往我们家走过来，此时米妮倒吸一口气，往内室跑去，躲了起来。她莫名相信如果往那个布袋里看一眼，就能发现里头有三四个跟她一样活生生的小孩。

这时候，喀布尔人已经走到窗前，微笑着向我以穆斯林礼节请安。我当下决定，虽然普拉塔普·辛格与坎钱玛拉还身陷绝境，但

---

1 字面意思是“小姨子”（śyālikā）。在孟加拉语里，姐夫与小姨子这两个词有时略有讥嘲意味，也是一个传统的玩笑。鳏夫可以迎娶亡妻的妹妹，因此小姨子通常被戏称为“额外的妻子”。

此处叙事者心里戏指自己的妻子是额外参与其人生的人。——译者注

我要是不邀请此人进来，向他买点东西，那就太失礼了。

我买了点东西，然后与他闲聊了一下。我们聊到阿布杜尔·拉赫曼汗[1]竭力对抗俄国人与英国人，确保阿富汗的完整。当他站起身来准备离开，他问道："老爷，您的小女儿上哪儿去了？"

为了打消米妮这种毫无根据的恐惧，我叫她出来。她紧紧抱住我，怀疑地打量喀布尔人和他的布袋。他从里边拿出一些葡萄干与杏干送给她，可是她不接，反而更狐疑地紧紧抱住我的膝盖。这就是她与喀布尔人的第一次会面。

几天后的一个早上，我有事正要出门，看见我的女儿坐在门前长椅上，正在滔滔不绝地讲话，喀布尔人坐在她脚边听着，而且笑得很开心，不时以他杂乱含混的孟加拉语评说一二。米妮长到五岁，除了她父亲以外，这还是头一回有人这么耐心地听她说话。我还看到她身上的小纱丽的裙褶里，堆了许多葡萄干与坚果。我对喀布尔人说："你怎么给了这么多？不要再给了。"然后我从口袋里拿出半卢比交给他。他爽快接了，放在自己的布袋里。

等到我回到家，才发现这半卢比已经掀起好一场风波。米妮的母亲正擎着这枚亮闪闪的硬币，暴躁地对米妮说："你从哪儿来的这半卢比？"

"喀布尔人给我的。"米妮说。

"你为什么收下？"她母亲说。

"我没问他要，"米妮眼泪汪汪地说，"他自己给我的。"

1　Abdur Rahman（1844—1901），1880—1901 年统治阿富汗。——译者注

我把米妮从她母亲的怒火之下拯救出来，带她到外边去。然后我才弄清楚，这并不是米妮与喀布尔人第二次见面，最近他几乎每天都来，给她带来一些阿月浑子坚果，满足她小小心中的渴望，赢得了她的认可。我发现他俩现在已经有一些固定的玩笑与习惯。比如每回米妮一看见他就咯咯笑，问他："喀布尔人啊喀布尔人，你的袋子里有什么？"喀布尔人拉哈马特就会大笑，然后说"一头大象"，而且给这个词加上一种特别的鼻音。他的布袋里有一头大象，这就是无尽欢乐的泉源了。虽然这不是很巧妙的笑话，可是他们俩似乎都觉得很好笑。在这秋日的早晨，看着一个小孩与一个成年人如此开怀大笑，我也感到非常欢欣。

他俩还有另外几个笑话。拉哈马特会对米妮说："小姑娘，你可别跑到你公公家[1]去哦。"大多数孟加拉女孩在成长过程中经常听见人们提起她们的公公家，可是我妻子和我是很开明的，从不对我们的小女儿提起未来婚姻的事。因此她不知道拉哈马特这话指的是什么，可是要她沉默不回应又完全违反她的个性，所以她把这句话转过来，问道："那么你要去你公公家了吗？"于是拉哈马特朝着虚构的公公挥起老大的拳头，说："我会摆平他的！"米妮想象着这个叫作"公公"的未知生物即将面临的命运，就开心大笑。

那是完美的秋日天气。在古代，国王都在秋季出发征伐。我到现在从未离开过加尔各答，也正是因为如此，我的心漫游整个世界。我似乎注定一辈子要待在这栋房子里，可是我总是向往外面的

1　śvaśurbāri，公公的家，即女子的夫家。这个词也可指监狱。

世界。每当我听见异国的地名，马上心驰神往；每回我看见异乡人，脑海中马上描绘出远方河岸或者山边林间的一座小屋，想象自己在那里的生活会是多么自由愉快。与此同时，我又像是生了根一样，每当我必须离开熟悉的地点，就几乎崩溃。所以对我而言，在我的小书房里，坐在自己的书桌前，与喀布尔人闲聊一早上，就已经是一场游历了。一条狭窄的荒漠小径两旁，是高耸枯焦、颜色如血的险峻山脉；负重的骆驼走过；缠头的商人与行路人有些骑着骆驼，有些步行，有人手持长矛，有人背着老式的燧石枪：我的朋友拉哈马特以他洪亮破碎的孟加拉语讲起他的故乡，而我的眼前浮现出一幅想象的图画。

米妮的母亲很容易不安。街上最轻微的一点噪声都能让她以为全世界的醉鬼正朝着我们家冲锋。她也无法驱散心里的忧惧，她担心这世上满是小偷、强盗、醉汉、蛇、老虎、疟疾、毛虫、蟑螂、白皮肤的掠夺者——虽然她从生活经验知道并非如此（尽管她的生活经验并不多）。对于喀布尔人拉哈马特，她并不太高兴。她总是告诉我，要多留意此人。我试着以玩笑打消她的疑虑，她就连珠炮一般丢出一串问题：所以小孩是从来不会失踪的了？阿富汗没有奴隶制吗？这么大个子的阿富汗人绑架个把小孩是完全不可能的了？我得承认最后这件事并非不可能，但是我很难相信它会发生。人们在不同程度上都容易受到影响，所以我妻子始终很紧张。可是我依然认为让拉哈马特进屋子里来并没有什么问题。

每年大约到了磨袪月[1]中，拉哈马特就会回家去。在出发前他总是特别忙，到处收账。他得挨家挨户去收，但还是能找出时间来见米妮。要是谁看到他俩在一起，会以为这两人在密谋策划什么。如果他早上不能来，就在傍晚来。他瘦高的身体坐在昏暗的屋角，身上垂挂着松松垮垮的上衣与长裤，乍看之下的确有点吓人。米妮跑向他，笑着喊“喀布尔人啊喀布尔人”，两个忘年之交开始日常的天真玩笑，这样的景象总是让我的心轻快起来。

一天早上，我坐在小书房里订正校样。那个冬末十分寒冷，令人瑟瑟发抖。早晨的太阳照过窗户，落在书桌下我的脚上，这点温暖的触感十分喜人。当时肯定是八点左右，一早出门散步的人们个个裹着围巾，此刻已结束了黎明时的漫步，回到家中。就是在这个时候，街上突然传来一阵骚动。

我往外望，看见我们的拉哈马特上着手铐，两名警察押着他往前走，后面跟了一群好奇的男童。拉哈马特的衣服上有血迹，其中一名警察还拿着沾满血的刀子。我出去拦住那名警察，问这是怎么回事。警察和拉哈马特各说了一部分事情经过。起因是这附近有个人欠了他一条兰普尔披肩的账，而此人企图蒙骗躲债，于是在争执之中，拉哈马特捅了对方一刀。

拉哈马特口中喃喃咒骂着那个说谎赖账的人，这时候米妮从屋里跑出来，喊着“喀布尔人啊喀布尔人”。有那么一会儿，拉哈马特的脸亮了起来。今天他肩上不再有布袋，所以他俩无法像平时那

1 Māgh，孟加拉历的十月，是冬季两个月的第二个月，儒略历一月中至二月中。

样讨论布袋的事。米妮冲口而出:“你要去你公公家了吗？”

“是呀，我现在就要去了。”拉哈马特微笑着说。可是他发现自己的回答并没有让米妮笑起来，便挥舞着上了铐的双拳说:“我本来可以宰了我公公的，可是我戴着这个，完全没有办法啊。”

拉哈马特被定了罪，被判监禁数年。他从我们的脑海中逐渐淡去。我们在家里生活，日复一日履行我们的日常职责，我们没有想过一名生性自由的山民要如何在铁窗里度过这些年月。至于善变的米妮，连身为她父亲的我也得承认她的行为不怎么值得赞扬。她很快就忘了自己的老朋友。先是小马倌纳比取代了拉哈马特的地位，赢得她的喜爱；后来她长大了，喜欢的同伴不再是小男孩，而是女孩。她甚至不再到她父亲的书房来了。我在某种意义上，与她断了联结。

几年过去。又是一年秋天了。米妮的婚事已经定好，婚礼就安排在那一季的供神节日。我们的骄傲与喜悦，就像难近母迁居夫君的吉罗娑山[1]一般，很快就要嫁进她的夫家去了，我们的家也将随之黯然。

那是个最美的早晨。阳光已被雨季的雨水冲刷一新，仿佛熔金一般的纯净，闪闪发亮。加尔各答的巷弄里本是肮脏破败、鳞次栉比的栖身之所，如今太阳的光辉也给它铺上一层非凡风致。夜晚刚走，我们家里就响起了唢呐。它高亢凄怆的震响仿佛来自我的胸膛

---

1 Mount Kailas (Kailash)，即冈仁波齐峰，在印度神话中是湿婆居所。难近母(Durga)，即雪山神女帕尔瓦蒂（Parvati，意为“山的女儿”），是湿婆配偶。

深处。哀伤的畏怖母拉格[1]曲声，与秋日的阳光一起向全世界宣告这迫在眉睫的离别给我带来的悲痛。今天我的米妮就要出嫁了。

家中从破晓就沸腾起来，人们来来往往。庭院里以竹竿捆扎，搭起了天棚，房间与长廊挂着的水晶吊灯琤玌作响，不断有高声喧哗。

我正坐在书房里记账，拉哈马特突然出现了，向我行礼问好。一开始我没认出他来。他没有布袋，也没有了头发，他从前的活力也不见了。可是他一微笑，我就认出了他。

“拉哈马特，你好吗？”我说，“你什么时候来的？”

“我是昨天傍晚被放出来的。”他回答。

他这句话才惊醒了我。在这之前，我从来没遇见过杀人未遂的罪犯；我看到他就退缩了一下。我开始觉得，在这么一个吉庆的早晨，最好让此人离开。“今天我们家里有事。”我说，“我很忙。请你走吧。”

他转头就走，可是正当他走到门口的时候，他犹豫了一下，然后说：“我不能看看您的小女儿吗？”

他似乎以为米妮还跟从前他认识的时候一样：她会像从前那样跑过来，喊着“喀布尔人啊喀布尔人”，而他俩能够重拾旧日的欢乐玩笑。他甚至（记着他俩从前的友谊）带了一盒葡萄，还有纸包着的一些坚果与葡萄干——肯定是他设法从阿富汗同乡那里拿来

1　Bhairavī rāga，一种属于早晨的忧伤拉格（raga）曲调，名称来自湿婆的配偶名。湿婆化身之一陪胪（Bhairava，又译为畏怖尊，意为“可畏”或“恐怖”），其配偶为畏怖母（Bhairavī），是雪山神女化身之一。——译者注

的，因为毕竟现在他已经没有自己的布袋了。

“今天这家里有事，”我说，“你谁都不能见。”

他看起来非常沮丧，默默站了一会儿，肃穆地看了我一眼，说：“老爷，祝您平安。”然后就往大门走去。我心中骤然感到一阵痛楚。我正想叫他回来，却看到他又转了过来。

“我给小姑娘带了这盒葡萄，还有这些坚果和葡萄干。”他说，“请您把这些交给她。”我接了过来，正要付给他钱，他突然紧握住我的胳臂，说：“求求您，请不要付我钱——老爷，我永远感激您。和您一样，我也有一个女儿，在老家。我心里想着她，给您的女儿送来这点葡萄干；我不是来与您做买卖的。”

然后他伸手探进身上那件宽大的上衣里，从靠近心脏的位置掏出一张皱巴巴的纸片。他小心打开，铺在我的桌上。那张纸上不是照片，不是图画，而是一个小手印——是在那只小手上抹了烟灰，然后按在纸上的。每年拉哈马特来加尔各答，在街上卖葡萄干的时候，他就在胸前口袋里带着女儿的这件纪念品，仿佛这只柔软的孩子气的小手，能给他宽大的思乡的胸膛带来抚慰。我看着小手印，泪水在眼里打转。在那个时候，我忘了他是个阿富汗葡萄干小贩，我是个孟加拉老爷。在那个时候，我明白了他与我是一样的身份，他身为人父，我也身为人父。他那住在山上的小小雪山神女留下的手印，让我想到自己的米妮。

我立刻唤人把她从内宅带出来。传来回话是反对的意见，可是我不听她们的。于是新娘妆扮的米妮，穿着红色丝绸纱丽，额上涂着檀香粉，怯怯走进书房，站在我身边。

喀布尔人刚看到她的时候，感到很困惑；从前那句招呼无法脱口而出。不过最后他微笑起来，说："小姑娘，你要去你公公家了吗？"

现在米妮已经知道这个词的意思了。她没法像从前那样回答，听了拉哈马特的问话，她羞红了脸，别开了眼睛。我想起米妮与喀布尔人第一次见面的那一天。我的心发疼。

米妮离开了书房，而拉哈马特深深叹着气，在地板上坐下。他突然明白过来，从上次见到自己的女儿到现在，她也已经长大了，自己也得跟她重新熟悉起来。等到再见面的时候，她一定已经跟从前不同了。谁能知道这八年来她怎么样了呢？在秋日早晨的清凉阳光中，唢呐还在奏乐，拉哈马特坐在加尔各答的一条小巷里，心中描绘着阿富汗的荒凉高山。

我拿出一张钞票交给他。"拉哈马特，"我说，"回到你的故乡和女儿身边吧。你们的团聚会是蒙福的，米妮也会因此蒙福。"

因为给了他这笔钱，我必须取消婚礼的部分安排。我付不起原来计划的电灯装饰，也没有鼓号乐队。家中女眷为此十分不悦，但是在我眼中，照亮这场婚礼的是更加慈悲、深具恩典的光。

小少爷归来

LITTLE MASTER'S RETURN

1

罗伊恰兰十二岁的时候，来到这一家工作。他来自阿努库尔一带，长发大眼，身材修长，肤色深亮。他的雇主和他一样，也是刹帝利种姓。他的主要职责是帮忙照顾这家的一岁儿子。渐渐地，这个孩子离开罗伊恰兰的怀抱，上了学，又进了大学，再从大学进了当地法院，担任法官。罗伊恰兰一直是他的仆人。不过他结婚之后，家里就有了女主人，所以罗伊恰兰对于阿努库尔老爷的大部分职权都交给了她。

虽然有了女主人在，他之前的职责减少了，但她又交给了他新的职责。阿努库尔婚后很快有了一个儿子，而且罗伊恰兰的全心奉献使他完全赢得了这个孩子的心。他热切地摇晃他玩，灵巧地把他举高，朝着他低声软语，使劲摇头晃脑，念叨着那么多莫名其妙而且根本没有答案的奇怪问题。只要看见罗伊恰兰，小少爷就兴高采烈。

这孩子学会悄悄爬过门坎，如果有人要抓住他，他就咯咯笑，并且很快爬向安全的地方躲起来。如此不凡的技能与决断，令罗伊恰兰为之着迷。他总是钦佩地向孩子的母亲说：“夫人，您的儿子长大以后会当上法官——他会挣大钱的。”罗伊恰兰根本想象不到，世界上还有其他儿童能在如此年幼时快速爬过门坎；肯定只有未来的法官才能完成如此壮举。他开始学走路时的蹒跚步伐，也是一样令人惊奇。当他开始喊他母亲“妈”，喊姑姑“姑”，喊罗伊恰兰“钱南”，罗伊恰兰把这些难以置信的成就向每一个遇见的人都说了一遍。多么令人吃惊啊，他不但叫自己的母亲“妈”，叫姑姑“姑”，他还叫罗伊恰兰“钱南”！实在很难想象他怎么能这么聪明。肯定没有一个成年人能这么聪明绝顶，而且就算有，人们也不确定他适合当法官。

没过多久，罗伊恰兰就得在自己脖子上套个绳圈，假装成一匹马；不然就是变成摔跤手，与这孩子较量——如果他疏忽了，没让自己被摔倒在地，那么后果就严重了。现在阿努库尔已经调任到了博德河地区。他从加尔各答给儿子带了一辆婴儿车。罗伊恰兰经常给这孩子穿戴上丝绸衬衫、金线绣花小帽、金手镯与一对脚环，每天两次用婴儿车推着这个小王子出门，呼吸新鲜空气。

雨季来了。博德河开始泛滥，一波一波饥渴的浪潮淹没了园圃、村庄、田野。河边沙洲的草丛与灌木消失了。四周都是险恶的溅溅水流声，以及河岸崩塌落水的拍击声；从水面上回旋奔涌的泡沫，可以看出这条河的水流变得多么汹涌。

一天下午，天气多云，不过看起来不像要下雨，善变的小少爷拒绝待在家里。他爬进自己的婴儿车，于是罗伊恰兰小心翼翼推着他，到水田另一边的河岸。河上没有船，田里没有人做活；从云层的缝隙里，可以看到太阳正在准备一场寂静壮观的仪式，将要落到对岸荒凉的沙洲后头去。突然这样的宁静被打破了。小少爷指着喊:“趴（花），钱南，趴！”不远处，一片潮湿泥泞的土地上，有一棵高大的团花树，在枝头高处有一些花，就是这些花吸引了小少爷的注意。(就在几天前，罗伊恰兰用一些细枝串上花，为他做了一个“团花车”，他用一根细绳拉着车走，非常开心。从那天起，罗伊恰兰就免于套上缰绳，从马升职到了马倌。)

“钱南”并不很愿意跋涉泥滩去摘花。他很快指着另一个方向说:“你看，你看那只鸟，在飞，飞走了。小鸟，过来，过来！”他一面絮叨，一面把婴儿车朝那个方向推过去。可是要用这么简单的小技瞒骗一个将来要当法官的孩子，完全是徒劳——况且这里并没有任何能吸引他的东西，虚构的小鸟也撑不了多久。“好吧，”罗伊恰兰说，“你坐在车里，我去给你摘花。现在乖乖的，不要到水边去。”他把腰布下摆拉上来掖紧，就朝着那棵团花树走去。

然而，“不要到水边去”这个禁令马上把小少爷的注意力从团花转移到了水上。他看河水咕噜噜打着漩儿，活像一千个小波浪正淘气欢快地逃离罗伊恰兰强大的掌控，逃到一个外人去不了的地方。它们调皮的榜样让他觉得很刺激。他轻轻走下自己的婴儿车，慢慢走到水边。他捡起一根长长的芦苇，然后往前靠，假装这是一根钓竿；那些嬉笑喧哗的小波浪似乎在向他喃喃地发出邀请，要他下来参与它们的游戏。

当时“扑通”一声，不过在雨季暴涨的博德河边能听见很多这样的声音。罗伊恰兰已经在腰布兜里装满了团花。他爬下树，微笑着，朝着婴儿车走回来——可是这时他看见小少爷不在车里。他四处张望，到处都看不见踪影。他浑身发冷，整个世界突然变得虚幻，苍白模糊犹如烟雾。他从破碎的心底发出一声绝望的呼喊：“少爷，小少爷，我的乖乖小少爷！”可是没有人喊一声“钱南”回应他，没有孩子气的淘气笑声传来。博德河就像之前一样汹涌，汩汩奔流，仿佛它什么也不知道，而且没有时间搭理这世上的小事。

到了傍晚，孩子的母亲开始着急了，派人提着灯笼去搜。他们来到河岸，发现罗伊恰兰正在田野上游荡，好似半夜一阵暴风，而且一面抽泣一面念着：“少爷，我的小少爷！”最后他回来了，扑跪在女主人的脚边，对于她的所有问题，他只是哭喊着说：“夫人，我不知道，我不知道。”

虽然每个人心里都知道，元凶就是博德河，可是嫌疑依然落在村外扎营的一群吉卜赛人头上。女主人甚至开始怀疑是罗伊恰兰偷了自己的孩子——于是召唤他来，向他乞求：“把我的孩子带回来！你要多少钱我都给你。”可是罗伊恰兰只是捶打自己的额头，于是女主人下令他不要再出现在自己眼前。阿努库尔老爷试着打消妻子毫无根据的怀疑。罗伊恰兰有什么动机做出这样的恶行呢？“你这话什么意思？”他的妻子说，“我们的孩子戴着金首饰啊。”

2

罗伊恰兰回到自己的村落老家。他的妻子没有生育，他也早已放弃了希望。然而就在这一年年底，已经上了年纪的妻子给他生了一个儿子，之后她很快就去世了。

一开始罗伊恰兰对这个新生儿只有恨，他多少感觉这孩子是以瞒骗的手段取代了他的小少爷。在他让河水冲走了主人的独子之后，却为了自己的儿子而喜悦，这似乎是一桩不可饶恕的罪行。多亏了有他孀居的姐姐在家，不然这孩子在世上是活不了多久的。

令人惊奇的是，只过了几个月，这孩子就能爬过门坎，展现出快活有趣的能力，能够挑战一切限制。他咯咯地笑，高声哭喊，就和从前的小少爷一样。有时候罗伊恰兰听见他哭叫，心脏就不由得停了一拍；因为听起来就像是小少爷在什么地方哭喊着要找罗伊恰兰。罗伊恰兰的姐姐给他取名佩尔纳，过了不久，佩尔纳开始叫她“姑”。有一天罗伊恰兰听见这声熟悉的呼唤，突然想到：“小少爷没有我的爱是不行的。他已经重新降生在我家了。”

有好几件令人信服的证据可以证明他的想法。首先，在死与生之间有一小段间隔。其次，他的妻子当时年纪已经不小，不可能仅凭着自己的生育力就受孕。而且这孩子无论爬行、学步、喊他姑姑“姑”，这些都和小少爷一模一样。此外还有许多迹象显示他将来也会当上法官。罗伊恰兰想起之前女主人的强烈怀疑，于是惊觉她的母性本能已经让她正确指出有人偷了她的儿子。如今他感到十分羞愧，因为他一直疏于照料这孩子；他心中再次充满了忠诚奉献的精神。从现在开始，他把佩尔纳当成富人的儿子那样抚养。他给他买丝绸衬衫，还有一顶金线刺绣的小帽。亡妻的首饰拿去熔了，做成这孩子的镯子与手环。他禁止他与村里儿童玩耍；从早到晚，他自己就是这孩子的唯一玩伴。村里的顽童们只要逮到机会，就嘲弄佩尔纳是个“王子”，村民也对罗伊恰兰的古怪举动感到不可思议。

到了佩尔纳可以上学的年纪，罗伊恰兰卖了自己的地，带着他去了加尔各答。他费了许多力气才找到工作，然后把佩尔纳送进一所高级学校。他节衣缩食，供给这孩子讲究的衣食与良好教育；他告诉自己：“可爱的孩子，如果你来到我家是因为你对我的爱，那么你就必须得到最好的一切。”

就这样过去了十二年。佩尔纳的学业表现良好，外貌也很优雅：体格结实，肤色深而有光泽。他不厌其烦地打理自己的头发，他的品位精巧高尚。他没法把自己的父亲当作父亲那样看待，因为罗伊恰兰怀着父亲的爱心待他，但那样的全心奉献却是属于仆人的。佩尔纳从来没有对任何人透露罗伊恰兰是他的父亲，他这种行为并不光彩。宿舍里的学生们总是拿土气的罗伊恰兰开玩笑。不过每个人也都喜欢这个温和的溺爱儿子的罗伊恰兰，佩尔纳也爱他——不过（在此重复一次）并非把他的爱当作父爱，而是夹杂了纡尊降贵的喜爱。

罗伊恰兰老了。他的雇主不断挑他的毛病。他的身体不行了，也无法专注工作，越来越健忘。可是没有一个支付全薪的雇主会接受年老这个借口。此外，他变卖财产凑起来的现金也差不多见底了。现在佩尔纳总是抱怨自己没有得体的服装与奢侈品。

3

有一天，罗伊恰兰突然辞了工作，给了佩尔纳一些钱。他说：“发生了一点事，我得回村子几天。”于是他出发前往巴拉瑟德，现在阿努库尔在那里担任法官。

阿努库尔没有其他孩子，他的妻子依然在为亡儿伤悼。一天傍晚，阿努库尔已经从法院回来，正在休息，而他的妻子花了一大笔钱，向一位修行人[1]买下能够为她带来孩子的一段圣根与一份祝祷。此时院子里有人说：“给您请安，夫人。”

“是谁？”阿努库尔老爷问。

罗伊恰兰走进来。“是我，罗伊恰兰。”他说着，抹去他旧主人脚上的灰土[2]。

阿努库尔一看见这位老人，心中非常感动。他询问了许多他的近况，并且邀请他来为自己工作。

罗伊恰兰勉强笑了笑，说：“请让我向夫人问安。”

阿努库尔老爷领着他走到内宅。他的妻子看到罗伊恰兰，十分不悦，不过罗伊恰兰并不在意，他双手紧握，说道：“主人，夫人，是我偷了你们的儿子。不是博德河，也不是别人，是我，是我这个忘恩负义的浑蛋。”

---

1 sannyāsī，禁欲出家的修行者，通常到处游历，仰赖布施。有些修行人出售护身符、秘方神药，也为人祝福祈神，但人们认为这类行为不体面。

2 praṇām，一种印度大礼。行礼人以右手碰触对方双脚，然后碰触自己的额头。——译者注

“你在说什么？”阿努库尔说，“他在哪里？”

“他跟我住在一起，”罗伊恰兰说，“后天我就带他来。”

那天是星期天，法庭休息。法官夫妻从一早就焦急地望着路上。到了十点钟，罗伊恰兰带着佩尔纳来了。

阿努库尔的妻子未加思索与盘问，就将佩尔纳拉到自己膝前，她触摸、闻嗅，专注凝视他的脸，同时紧张地又哭又笑。这个男孩看上去的确非常优秀——无论是外貌还是服装，都没有穷人出身的迹象。他的神情充满爱意，谦和而腼腆。阿努库尔一见到他，心中就涨满了爱意。可是他不动声色，问道：“你有什么证据？”

“这种行为能有什么证据呢？”罗伊恰兰说，“只有神才知道我偷了您的儿子，世界上所有人都不知道。”

阿努库尔反复思量这件事，做了决定，既然他的妻子已经把这孩子当作亲生儿，热情接纳，现在再追问什么证据都不合适了。无论真相如何，现在最好还是相信。总之，罗伊恰兰能从哪里弄来这么一个孩子？况且这名老仆又何必现在来欺骗他们呢？他盘问这男孩之后，发现他从很小就跟罗伊恰兰住在一起，并且叫他父亲，可是罗伊恰兰对待他却始终不像是父亲，反倒像是仆人。阿努库尔至此不再存疑，说道：“罗伊恰兰，可是你不能再上我的门。”

罗伊恰兰双手紧握，嗓音发颤：“主人，我已经老了。我能去哪里呢？”

“让他留下，”女主人说，“我原谅他了。让我们的儿子借此蒙福吧。”

“他所做的事是不能原谅的。”充满正义的阿努库尔说。

“不是我做的，”罗伊恰兰哭喊着，抱住主人的脚，“是神做的。”

阿努库尔听见他把自己的罪责推卸给神，反倒更生气了。他说：“曾经背叛他人，如此罪大恶极，就不能再加以信任。”

罗伊恰兰放开他的脚，站起来，说道：“主人，那不是我自己。”

“那么是谁？”

“是我的命运。”

没有一个受过教育的人能接受这种解释。

“我在这世上没有别人了。”罗伊恰兰说。

佩尔纳当然很气恼罗伊恰兰偷了自己这么一位法官之子，而且无耻地宣称自己是他的儿子。不过他很慷慨地对阿努库尔说：“父亲，请赦免他吧。如果你不想让他待在这个家里，可以每个月给他一笔津贴。”

罗伊恰兰没说话，他看了自己的儿子一眼，然后向所有人行礼，接着就穿过门，走了出去，消失在这世上的众生里。到了那个月底，阿努库尔寄了一点钱去罗伊恰兰的老家地址，被退了回来。原址查无此人。

利润与损失[1]

PROFIT AND LOSS

有个女孩上有五位兄长，出生之时，满怀宠爱的父母给她取名妮鲁帕玛[2]。这个家族里从来没有这样贵气的名字，通常用的都是神明的名字，诸如犍尼萨、室建陀、帕尔瓦蒂等。

现在该考虑妮鲁帕玛的婚事了。她的父亲拉姆孙达尔·密多罗到处打听，但没有找到令他满意的新郎。不过最后他谋到了一门亲事，对方是显赫的雷伊巴哈杜尔[3]贵族的独子。这家已经远不如祖上那么富有了，不过依然是贵族。他们要求一万卢比的嫁妆，还要加上许多额外的礼物。拉姆孙达尔想也没想就同意了——可不能让这么一位姑爷从手指缝里溜掉。但是他不可能凑到这么多钱。他典当、出售，用尽自己力所能及的每一种办法，依然短了六七千卢比，可是婚礼已经近了。

---

1 Denāpāonā，意为“借方与贷方”“投资与报酬”，也可以指买卖、所有权、交易。

2 Nirupama，意为“无与伦比的”。

3 Raybahadur（Rāybāhādur），莫卧儿时期及英属时期的一种贵族头衔。

成婚的日子到了。有人同意放高利贷给他，以补上不足的金额，可是当天此人没出现。就在举行婚礼的房间里，出现了激烈场面。拉姆孙达尔当场跪在贵族老爷面前，哀求他不要取消仪式，那会带来厄运，他强调自己会付足全款。贵族老爷答道："如果你现在不把钱交到我手上，新郎就不会出席婚礼。"

这突如其来的灾难，令全家女眷饮泣号哭。作为整件事情起因的新娘本人则默然呆坐，她身着丝绸嫁衣，戴着首饰，前额以檀香粉妆点。对于她未婚夫的家庭，她实在感受不到什么爱与敬意。

突然有人打破了这场僵局。新郎违抗了自己父亲，很坚定地说："你们在这里讨价还价，一手交钱一手交货，对我而言完全没有意义。我来这里是为了结婚，所以我就要结婚。"

"您瞧瞧，现在的年轻人居然这种作风。"他的父亲向其他人诉苦。

当中最年长的几个说："这是因为他们没有学习道德观，也没有经过论典[1]的训练。"贵族老爷垂头丧气地坐着，看着自己这个被现代教育毒害的儿子。整个婚礼在抑郁不欢的气氛中结束。

在妮鲁帕玛前往公婆家的时候，她的父亲将她紧拥在胸前，再也无法忍住自己的泪水。她问道："父亲，他们是不是不会让我回来看您？""我的宝贝，他们当然会的，"拉姆孙达尔说，"我会亲自去接你。"

1 Shastra，是"被记住的"经典，涵盖了所有不同领域的知识；与之相对的是"听到的"记录，即吠陀。论典不是直接的神谕，而是人类创作的作品，涉及教义、神学、法律、医药等。

拉姆孙达尔经常去探望女儿，可是他在亲家的宅第里完全没有地位，连仆人也看不起他。有时他在宅第外间一个隔开的房间里与女儿相见五分钟，有时候根本不被允许见她。在戚里宅中如此抬不起头来，实在令人无法忍受。他决定想个办法付那笔钱，可是他肩负的外债已经无法应付。各种花费的负担沉重得可怕，他甚至想尽一切可笑的借口，只求不撞见自己的债主。

与此同时，他的女儿在婆家动辄得咎。她躲在自己的房间里饮泣，每天以此补赎这一家变本加厉的侮辱。她的婆婆对她的攻击尤其恶毒。如果有人说“这女孩儿真好看，实在赏心悦目”，她婆婆就会说：“的确很漂亮！就跟她那一家人一样漂亮！”她的衣食也无人照管。如果有好心的邻居表示关切，她的婆婆就说：“她有这些已经够多了。”话里的意思就是，如果她的父亲付了全额，她就能得到完善的照料。每个人对待她的方式，就好像她毫无资格待在这宅第中，全是靠蒙骗才混了进来。

女儿所遭受的轻视与羞辱，自然传入了拉姆孙达尔耳中。他决定卖掉自己的房子。但是他没告诉儿子他们即将失去家产，因为他打算卖掉之后再租回来。这样安排的话，儿子们只有等他死后才会知道真相。可是他的儿子们发现了这件事，都来向他激烈抗议。尤其是最年长的三个，已经结婚而且有了孩子，他们强烈反对，于是这桩买卖只能作罢。拉姆孙达尔只好四处去借高利贷，状况愈演愈烈，最后他已经无法应付家中的开销。

这一切，妮鲁帕玛从父亲的外表都看得出来。老人灰白的头发、苍白的脸色，还有已经摆脱不了的畏缩神态，都表明了贫穷与烦恼。一个做父亲的人让自己的女儿失望了，就无法掩饰心中的自责。每当拉姆孙达尔设法得到许可，与女儿说上一会儿话，甚至从他的微笑都能马上看出来，他有多么心碎。

女儿渴望回到自己父母家里待几天，安慰父亲。看到他哀伤的脸，无法团聚就更令人难受。有一天她对拉姆孙达尔说：“父亲，带我回家待一会儿吧。”

他答道：“好。”可是他没有能力这么做，他身为父亲对女儿原本拥有的权利，已经被抵押出去，换了一笔嫁妆。即使只是探望女儿一下，都得卑微求情，而且只要被拒绝了，他都没有资格再问第二遍。可是既然女儿自己希望回家一趟，他怎么能不来接她呢？

拉姆孙达尔为了求见女儿的公公，凑齐了三千卢比，这当中他所遭受的羞辱与伤害，最好还是不要细说了。他把钞票用手帕裹紧，然后缠在披肩的一角里，就去见对方了。他以本地新闻闲谈开场，细说哈里奎师那宅中发生了一起胆大妄为的窃案。接着比较了纳宾马达布和拉达马达布两兄弟的能力与性格，他赞扬拉达马达布，批评了纳宾马达布。他详细描述城里新出现的一种疾病，听了令人毛骨悚然。最后，他放下水烟，仿佛不经意地说：“是的，亲家，我还欠着一点钱，我知道。每天我都记着，而且总想着要带点过来，可总是忙起来就忘了。亲家，我这是老了。”说了这么长一段铺垫，最后他随意拿出那三张钞票，每一张都如同他的肋骨一般。“这对我来说都用不着。”他这么说，引用的是一句广为流传的谚语，表明他不想无端沾上铜臭。

在这之后，要提出带妮鲁帕玛回家应该就不成问题了，但是拉姆孙达尔不免想到，自己这么遵守礼数到底能有什么益处。他无言闷坐了许久，最后终于小心翼翼地提起这个要求。“现在不行。”贵族老爷没说理由就离开了，去处理自己的公务。

拉姆孙达尔无颜面对女儿，他双手颤抖，把那三张钞票再藏进披肩里捆紧，就出发回家了。他下定决心，直到一次付清之前，他不会再来贵族老爷的宅第。只有到了那个时候，他才能以妮鲁帕玛父亲的身份，理直气壮地提出要求。

又过去了好几个月。妮鲁帕玛一次又一次送信给父亲，但是她的父亲一直没出现。最后她生气了，就不再送信来了。这件事让拉姆孙达尔十分伤心，可是他还是没去见她。頞湿缚庾阇月[1]到了。“今年我非得带妮鲁帕玛回家参加法会不可！”他这样告诉自己，在心里狠狠发了誓。

在法会期的第五天或第六天，拉姆孙达尔在披肩里再次捆紧了几张钞票，准备出发。五岁的孙子跑过来对他说：“爷爷，你是不是要去给我买玩具车？”这孩子一门心思惦记小车已经好几个星期了，可是始终没有如愿。接着六岁的孙女也跑过来，眼泪汪汪地说自己没有好衣服可以穿去参加法会。拉姆孙达尔很清楚这件事，而且抽烟的时候已经闷闷想了很久。他叹着气，想到家中女眷去贵族老爷宅中参加法会的时候，就像领取接济的贫民，全身仅有几件寒酸装饰。可是这些愁思没有一点结果，徒然加深了老人额上的皱纹。

---

1 Āśvin，孟加拉历六月，儒略历九月中至十月中。

耳中还回荡着家人受穷的号哭，他已经又来到贵族老爷宅第。今天他没有一点犹豫，不再像从前走近门房仆人时那样不安张望，现在他就像走进自己的家一样。他被告知，贵族老爷出门了，他得等一会儿。可是他无法按捺一见女儿的渴望。当他看见女儿，欢喜的泪水滚滚而下。父女二人一起低声饮泣，有一会儿都无法说话。然后拉姆孙达尔说："宝贝，这次我一定要带你回去。谁也拦不了我。"

突然拉姆孙达尔的大儿子哈拉莫汉冲了进来，还带着自己的两个小儿子。"父亲，"他大喊，"你真的要把我们都赶到大街上？"

拉姆孙达尔勃然大怒。"我就该为了你们而自愿下地狱吗？你不让我做我该做的事？"他已经卖了房子，并且费了很大劲儿向儿子们隐瞒此事，不过看来他们到底还是发现了，因此他又惊又怒。小孙子抱住他的腿，仰头看着他说："爷爷，你没给我买玩具车吗？"还没等到垂头丧气的拉姆孙达尔回答他，他又跑到妮鲁帕玛身边问道："姑姑，你可以帮我买一辆玩具车吗？"

妮鲁帕玛当然看出来这是怎么回事。"父亲，"她说，"我在此发誓，如果您再付给我公公哪怕一分钱，您就再也见不到我了。"

"孩子，你在说什么啊？"拉姆孙达尔说，"如果我不付钱，这份耻辱就永远悬在我头顶上，而且也会是你的耻辱。"

"如果你付了钱，那才是更可耻的事。"妮鲁帕玛说，"你觉得我没有自尊心吗？你觉得我只是一个钱包吗？你往里头放的钱越多，我就越有价值？父亲，不要这样，不要付这个钱而让我蒙羞。我的丈夫也不要这笔钱。"

拉姆孙达尔说："可是这样他们就不让你回家来见我。"

"这件事是没有办法的。"妮鲁帕玛说，"请不要再想办法接我了。"

拉姆孙达尔颤抖着把自己的披肩拉上来围住肩头，披肩一角里依然捆紧了那些钱，然后他再次像个小偷一样离开了大宅，躲避着每个人的视线。

可是这件事依然传了出去，拉姆孙达尔带了钱来，而他的女儿阻止他付钱。一个爱听墙角的仆人把这件事禀告了妮鲁帕玛的婆婆。如今，她对儿媳妇的怨毒更是无边无际。对妮鲁帕玛而言，这个家变成了一张钉床。新婚几天之后，她的丈夫就到外地赴任地方法官去了。现在她的婆婆声称她会被娘家亲戚带坏，完全禁止她与家人相见。

她病了，而且越来越严重，但不完全是她婆婆造成的。她对自己的健康极为忽视。凄冷的秋夜里，她躺着的时候，头朝着敞开的门，冬天里也完全不添衣。她不按时用餐。仆人们有时候忘了给她送吃的来，她什么都不说，也不提醒他们。

她有个越来越根深蒂固的念头：她认为自己就是这栋宅子里的一个用人，只能仰赖主人与主母的恩惠。可是她的婆婆连这种态度也无法忍受。妮鲁帕玛不想吃东西，婆婆就说："好一个公主啊！我们这穷人家的粗食不合她的口味！"要不就说："你瞧瞧，真是个大美人！越来越像一块烧焦的木头了。"

她病得更严重的时候，她的婆婆说："都是演戏罢了。"终于有一天，妮鲁帕玛恳求她："母亲，请让我见我父亲与兄长一面吧。"

“她在耍花招，想回娘家。”她的婆婆说。

说起来可能让人无法相信，到了妮鲁帕玛吸不上气的时候，这才第一次请了医生来，而且也是最后一次了。

于是，这一家的长媳死了，葬仪盛大铺张，应有尽有。这个地区的贵族素以难近母法会[1]结束时的奢华浴神典礼闻名，不过这次贵族老爷一家出了名，却是因为妮鲁帕玛的葬礼：火化柴堆用的是檀香木，其高大前所未见。只有这家才办得了如此华丽繁复的仪式，而且据说为此还负了债。

每个来向拉姆孙达尔致哀的人，都把他女儿的壮观葬礼仔仔细细描述了一遍。此时她的夫婿给家里寄了一封信：“我已经做好所有必要的安排，请赶快把我的妻子送来。”贵族夫人回信道：“亲爱的儿子，我们又为你说了一门亲事，请快点告假回来。”

这一次的嫁妆是两万卢比，当场付现。

1 Durgā，西孟加拉邦盛行难近母崇拜。难近母的别名包括乌玛（Uma）和帕尔瓦蒂。难近母法会在孟加拉历六月举行，是孟加拉地区的主要宗教节庆，结束时要为特地制作的难近母神像举行沐浴仪式。

惩罚

PUNISHMENT

1

每天早上，杜基拉姆·鲁伊与奇达姆·鲁伊兄弟俩带着沉重的刈刀出门，到田里干活的时候，两人的妻子已经在家拌嘴喊叫了起来。不过邻居都习惯了这妯娌俩的吵闹，就和习惯了其他日常自然的声音没两样。他们每次听到这两个女人的尖叫，就说："又来了。"也就是说，眼下这一切都是预料中的，并未违反自然法则。太阳在破晓时升起，没有人会问为什么；每次这户库里种姓[1]人家的两名女眷互相猛烈叫骂，也没有人会感到好奇并探究原因。

当然，这些口角风波对这兄弟俩的影响比对邻居来得大，不过他俩也不觉得是大事。就好像他们是一起驾着车在人生路上同行，车轮没有减压弹簧，嘎吱嘎吱响，这是一路上避免不了的。事

---

1 kuri-caste，严格来说，这个种姓从事捕鸟，但在孟加拉地区则是"甜食制作者种姓"，为婆罗门提供甜点，是首陀罗种姓中地位比较高的，或是比较"洁净的"。这个故事里的两兄弟是没有土地的劳动者，从这一点可以看出，种姓与职业之间的关联在现代印度已经减弱了很多。

实上，如果哪天没有喧闹，一切安静得出奇，倒是更有可能发生不测。

这个故事就发生在这样的一天。黄昏的时候，这两兄弟工作了一整天，精疲力竭回到家里，发现屋里静得可怕，屋外十分湿热。下午下了一场大雨，现在依然层云密布，没有一丝风。房子四周的芦苇与灌木在雨后又茁壮了，还有浸在水中的黄麻田，都散发出浓重的植物潮湿气味，仿佛在周围形成了一圈结实的围墙。牛舍后方的池塘里传来阵阵蛙鸣，蟋蟀的鸣叫响彻铅灰色的天空。

不远处，泛滥的博德河在积云下看起来平坦而不祥。河水已经淹没了大部分稻田，如今距离民居很近。崩塌的河岸上，到处有杧果与波罗蜜的树根从水中支棱出来，仿佛无助的手抓挠着虚空，想要攫住最后一点支撑。

那天，杜基拉姆与奇达姆在村里贵族的官厅工地干活。工地对面的沙洲上，稻谷已经熟了。那些最穷的村民得赶在沙洲被河水冲走之前收割稻谷，所以都在自己与他人的田里忙着。这时候官厅的一个小官儿强行带走了兄弟俩，责令他俩修好官厅屋顶几处漏水的地方，还得编完一些柳条板，这些事情花了他俩一整天。他俩不能回家吃午饭，只有官厅的一些点心。他们被大雨淋得湿透，而且没有收到正常的劳动报酬。事实上，他俩收到的主要是讥笑与辱骂。

薄暮时分，两兄弟蹚过泥水回到家中，发现奇达姆的妻子钱达拉瘫在地上，身上的纱丽敞开着。她就像今天下午的天空一样，已经哭了好几桶眼泪，可是现在受不了闷热，筋疲力尽。杜基拉姆的妻子拉达闷闷不乐地坐在前廊上。她一岁半的儿子之前哭了一阵，不过两兄弟走进来的时候，看见他光着身子躺在院子一角，正在熟睡。

杜基拉姆饿坏了，他粗声粗气地说:“拿饭来。”

拉达活像火花点着了枪药，猛然炸了起来，高声叫道:“饭在哪里？你给我粮食了吗？难道要我到街上去挣？”

杜基拉姆在一整天的苦工与屈辱之后，又饿又怒，回到这么一个阴暗黢黑、没有欢笑、没有食物的家，还碰上拉达的尖酸讽刺，尤其是最后一句影射。瞬间这一切都令人无法承受。“什么？”他像一只发怒的老虎一般咆哮，然后想也不想，就把刀往她头上劈去。拉达倒在她妯娌的膝上，几分钟后就死了。

“你干的什么好事啊？”钱达拉尖叫，她的衣服浸满了鲜血。奇达姆伸手捂住她的嘴。杜基拉姆松手落下刀，跪在地上，两手抱头，已经呆了。被吵醒的小儿子吓得开始大哭。

外头一片寂静。牧童赶着牛回家。今天在河对岸割稻谷的人们，正五六个人一船过河来，每人头上顶着作为酬劳的两捆稻谷，已经差不多都到家了。

本村的主心骨，拉姆洛钱·恰克拉巴尔蒂，去邮局寄了一封信，现在已经回到家，正在静静抽烟。突然他想起来，自己转租的佃农杜基拉姆已经拖欠租金很久了，而且答应今天要先付一部分。他想这兄弟俩现在一定在家，于是他把披肩搭在肩头，拿上自己的伞，就出门了。

他一踏进鲁伊家，就感到心神不宁。屋里没点灯，在黢黑的前廊，隐约能看出来有三四个人影。前廊一角有断断续续、被捂住的啜泣声，是那个小男孩哭着要找妈妈，可是每次都被奇达姆制止。

“杜基，”拉姆洛钱很紧张地说，“你在吗？”

杜基拉姆已经如泥塑木雕一般呆坐了很久，现在他听见自己的名字，突然哭了起来，就像个无助的小孩。

奇达姆赶紧走下前廊，来到院子里迎接拉姆洛钱。“女人又吵架了吗？”拉姆洛钱问他，“我听见她们俩嚷了一整天。”

奇达姆一直到现在都无法思考该怎么办。脑中各种匪夷所思的解释此起彼伏。他唯一的决定是今天夜里要把尸体移到别处去。他没想到拉姆洛钱会来，现在一时想不出如何回答。“是呀，”他结结巴巴地说，“今天她们吵得厉害。”

“可是杜基为什么哭成这样？”拉姆洛钱说着往前廊走过去。

奇达姆没有办法了，脱口而出：“她们俩吵架的时候，弟媳妇拿刀砍中了大嫂的头。”

人在受到眼前危险威胁的时候，是很难想到其他危险的。奇达姆唯一的念头就是躲避眼前这个可怕的事实——他忘记了撒谎反而可能更可怕。面对拉姆洛钱的质疑，他脑海里跳出来这么一个回答，于是脱口而出。

“我的天啊，”拉姆洛钱真吓着了，“你说什么？她死了？”

“她死了。”奇达姆说着跪下来抱紧了拉姆洛钱的双脚。

拉姆洛钱进退两难。“拉姆啊拉姆，”他心想，“我这是惹上了什么麻烦啊。要是我得上法庭做证怎么办？”奇达姆还紧抱着他的脚，说：“主上[1]，我要怎么才能救我的妻子？”

拉姆洛钱是这个村里法律事务的主要参谋。他想了想，说：“我大概知道一个法子。你现在跑去警察局，就说你兄弟杜基傍晚回到家要吃饭，可是饭还没准备好，所以他就用刀劈中妻子的头。我保证如果你这么说，你的妻子就能没事。”

奇达姆觉得喉咙里一阵发干作呕。他站起来，说道：“主上，如果我失去了妻子，还能再娶一个，可是如果我的兄弟受了吊刑，我要用谁来代替他？”他把罪责赖在自己妻子头上的时候，并没有这么想过。他是不假思索就那么说的。现在，能派上用场的说辞不知不觉在他心中成形了。

拉姆洛钱明白他的意思。“那么你就把实际发生的事说出来，”他说，“你没法面面俱到地保护自己。”

他匆匆离开之后，消息马上传遍整个村子：钱达拉·鲁伊和她的大嫂吵架的时候，拿刀把她的头劈成了两半。警察如汛期的河水一般涌入村子。犯了罪的人与无辜的人都一样害怕。

2

奇达姆决定，必须在自己画出来的这条路上继续下去。他告诉拉姆洛钱·恰克拉巴尔蒂的事件经过已经传遍了全村。要是有另

1 Thākur，用以称呼婆罗门或者男性神明。

一个说法流传开来，谁知道会发生什么事呢？可是他明白，如果他要坚持这个故事，就得再编五个故事来掩饰，这样才能救自己妻子的命。

奇达姆要钱达拉主动认罪，她听了目瞪口呆。他向她保证：“别担心——你如果照着我的话做，就会平安的。”他嘴上这么说，却嗓子干涩，脸色苍白。

钱达拉顶多十七八岁。她体态丰满，结实健美，动作利落，无论走路、转身、弯腰、蹲跪，都毫无滞涩。她就像一艘全新的船：灵巧匀称，滑行流畅，没有一处接缝松脱。每一件事物都令她着迷。她喜欢聊闲话。当她把水罐撑在腰边，朝着河岸台阶走去的时候，她用手指稍微挑开面纱，什么都逃不过她那双明亮活泼的深黑色眼睛。

她的大嫂与她完全相反：不修边幅，邋遢懒散。无论是穿着、家务，还是照顾孩子，都杂乱无章。她手里从来没有像样的活儿，可是又似乎从来没有时间做任何一件事。钱达拉通常按捺下来，不加议论，因为即使最温和的讽刺也会让她大嫂怒气冲天，跳着脚对她大骂，让周围每个人都心烦。

她们俩也各有一位格外匹配的丈夫。杜基拉姆是个大个子，骨架庞大，鼻子扁宽，从他的眼睛与神情来看，他似乎不怎么了解这个世界，不过也从未生疑。他清白无知，但也令人生畏，是力量与无助的奇特组合。至于奇达姆，他仿佛是以光亮的黑岩细心雕琢出来的。他全身没有一点多余的肥脂，没有一丝松皱或麻点，四肢完美融合了力量与健壮。无论他从河岸上跳水，还是站在船上撑篙，或者爬上竹竿削砍竹枝，都展现出全然的敏捷和轻而易举的流畅。他的黑色长发抹了油，从额头梳齐到肩头——他对自己的衣着与外表很下功夫。虽然他对村中其他妇女的美貌并非毫无知觉，而且乐于让自己在她们眼中显得十分迷人，但是他真正爱的依然是自己的年轻妻子。他俩有时候争吵，不过最后总是会和好，因为谁也赢不了谁。他俩之间的情感如此牢固，其实还有一个原因：奇达姆觉得像钱达拉这样机敏的妻子是不能完全信任的，而钱达拉觉得自己丈夫的眼睛总是乱瞟，如果不把他拴紧一点，说不定他就会跑了。

在这个故事之前不久，他俩曾经大吵一架。钱达拉发现她丈夫以工作为借口去了外地，待了几天，却没有收入拿回家。这不是什么好事，于是她也开始逾矩起来。她经常去河岸台阶待着，然后在全村闲晃一圈才回家，而且嘴上总是说着卡希·马宗达家的老二如何如何。

于是奇达姆的生活仿佛被什么东西下了毒。他无法集中精神干活。有一天他愤愤指斥他的大嫂，把这些都怪在她头上。她猛然高举双手，以自己的亡父发誓："那个小妞跑得比暴风还快。我怎么拦得住她？谁知道她会惹出什么祸事？"

钱达拉从隔壁房间里出来，甜蜜地说："大嫂，怎么了？"于是这两人之间大吵一场。

奇达姆狠狠地盯着妻子说："再让我听见你自己去了河边，我就打断你每一根骨头。"

"那可就是老天保佑我解脱了。"钱达拉说着正要走开，奇达姆扑过来一把抓住她的头发，拽着她回到房间，把她锁在里面。

那天傍晚他收工回家，发现房门开着，家里没有人。钱达拉已经逃到三个村子以外，去了她舅舅家。奇达姆好不容易说动她回家，可是这么一来他必须让步。要拴住他的妻子，就像握住一掬水银那么难；她总是从他的指缝之间溜走。他不再使用暴力，但是家里也并不平静。对于这个捉摸不定的年轻妻子，忧惧的爱使得他极为痛苦。有一两次他甚至好奇，要是她死了，是否就能好一点；至少他能有点安宁。人们能够憎恨彼此甚于憎恨死亡。

正是在此时，这一家突遭大难。

钱达拉的丈夫要求她承认犯了杀人罪，她震惊地盯着他，黑眼睛如火一般烧穿了他。然后她缓缓从他身边躲开，仿佛在逃避恶魔的手掌心。她的感情与灵魂默默弃绝了他。“你没什么好怕的。”奇达姆说。他一再教她该怎么应对警察与法官。钱达拉毫不在意，他说话的时候，她就像个木雕的神像一般坐着。

杜基拉姆在每件事情上都仰赖奇达姆。当奇达姆告诉他把这件罪责推给钱达拉，杜基拉姆问道：“可是她会怎么样呢？”奇达姆说：“我会救她的。”这个回答就让愚鲁的杜基拉姆满意了。

3

奇达姆教给他妻子的说法是这样的：“大嫂拿着菜刀攻击我。我捡起镰刀要阻止她，不知怎么就砍中她了。”这全是拉姆洛钱的主意，他还给奇达姆提供了这个说法所需的许多证据与说辞。

警方来侦查了。现在村民都确认钱达拉杀了她的大嫂，而且所有证人都指认了。警方讯问钱达拉，她说："没错，是我杀了她。"

"你为什么杀她？"

"我受不了她了。"

"你们俩吵架了？"

"没有。"

"她有没有攻击你？"

"没有。"

"她有没有虐待你？"

"没有。"

她的回答让每个人都大为讶异，奇达姆更是完全不知所措。"她说的不是真的，"他说，"是大嫂先——"

警察严厉制止了他。钱达拉经过严密的盘问，回答始终不变：她不承认自己曾经遭到大嫂的任何攻击。这么固执的年轻女子实在前所未有！她似乎彻底下决心要上绞刑架，什么都无法阻止她。这是多么强烈而具有毁灭性的自尊啊！在钱达拉的思想里，自己是在对丈夫说："我将把我的青春交付给绞刑架，而不是交给你。这一世与我有最后关联的就是绞刑架。"

钱达拉被逮捕了，永远离开了她的家，走上她熟悉的小径，经过节庆的马车、市场、河岸台阶、马宗达的家、邮局、学校——这么一名普通、无害、俏皮、喜欢玩闹的村妇，带着永远无法洗清的烙印。一群顽童跟着她。村里的妇女，还有她的朋友与伙伴，有些从面纱的缝隙间偷看，有些站在自己家门前，有些躲在树后，看着警察带走她，而且因为尴尬、恐惧与鄙视而哆嗦。

面对法官，钱达拉再次承认了自己的罪行，声称事发当时她的大嫂并未虐待她。可是奇达姆被传唤做证的时候，他完全崩溃了，紧绞着双手哭泣："大人，我向您发誓，我的妻子是清白的。"法官厉声要他控制自己，并开始讯问他。于是一点一点，他说出了事实真相。

法官不相信他，因为那位最重要、最受尊敬、受教育程度最高的证人，拉姆洛钱 · 恰克拉巴尔蒂说："我是在案发不久到达现场

的。奇达姆坦白了一切，而且抱住我的脚，说：‘告诉我怎样才能救我的妻子。’我什么都没说。然后奇达姆说：‘如果我说是我的兄弟因为饭菜还没做好，一气之下杀死了妻子，那么钱达拉能逃过一劫吗？’我说：‘你这个刁民，小心点，在法庭上一句假话都别说，这是最糟糕的大错。’”本来拉姆洛钱准备了许多说辞，打算用以搭救钱达拉，不过他发现她自己根本就是引颈就戮，于是下定决心：“现在我何苦冒险做伪证？我最好把我知道的这么一点都说出来。”因此拉姆洛钱就说了他所知道的——或者比他所知道的多说了一点。

法官下令开庭。这时候，在田野里，在家户中，在市集与街市上，这个世界的欢乐与悲伤依然在继续；此时雨季的倾盆大雨落在新生的稻田上，就和过去的年岁一样。

警察、辩护人、证人都出庭了。对面的民事法庭里，一群人等着自己的案子开庭。一名加尔各答律师代理的案子是关于某个厨房后方共用的水池，原告准备了三十九名证人。数百人焦急等待着微不足道的判决，而且确信这是当下最重要的事。奇达姆看着窗外那些持续不断的人潮，仿佛那是一个梦。院落里一株大榕树上，有一只杜鹃在啼叫，在它的世界里，没有法庭，也没有案件。

钱达拉对法官说：“大人，同样的话我还得说多少次？”

法官解释道：“你知道你承认的罪行会得到什么惩罚吗？”

“不知道。”钱达拉说。

“是绞刑。”

“那么，求求你，大人，请你就这么判我吧，”钱达拉说，“随便怎么样都行——我受不了了。”

当她的丈夫被传上庭，她转过身去。“你仔细看那名证人，”法官说，“然后说出他是谁。”

“他是我的丈夫。”钱达拉说着双手掩面。

“他不爱你吗？”

“爱得像疯了一样。”

“你不爱他吗？”

“爱得发狂。”

奇达姆接受讯问的时候，他说：“是我杀了她。”

“为什么？”

“我要吃饭，我的大嫂不给我。”

杜基拉姆上庭的时候晕过去了。醒过来之后，他答道：“大人，是我杀了她。”

“为什么？”

“我要吃饭，她不给我。”

在严密讯问许多其他证人之后，法官的结论是，这两兄弟是为了拯救钱达拉免于绞刑之耻，所以把罪行揽在自己身上。可是钱达拉从一开始警方讯问，直到开庭之后，一再说的都是同样的话——她对于自己的说辞，分毫也不动摇。两名律师出于本心，尽了全力要拯救她免于死刑，但是最后都被她打败了。

她很年轻的时候，还是个肤色灰暗、身形小巧的圆脸女孩，在一个良辰吉日来到夫家，把她童年的玩偶留在了父亲家里。当时，她怎么能想象会发生这种事？她的父亲在临终时，曾经满意地想到，至少自己为女儿的未来做了合适的安排。

在监狱里，执行绞刑之前，善心的法医问钱达拉：“你有没有想见的人？”

“我想见我的母亲。”她说。

“要不要我叫你的丈夫来？”医生问，“他想见你。”

钱达拉说：“让他去死吧。[1]”

---

1 maraṇ 的字面意思就是死亡，是农村妇女经常使用的讽刺性字眼。这里暗示的意义很复杂，包括：钱达拉排拒自己依然深爱的丈夫，受到伤害的自尊与感情使她拒绝让步，还有因为害羞而不愿意公开表达自己对丈夫的爱。

英译本是“To hell with him.”。——译者注

骷髅

SKELETON

我们三个还年少的时候，在我们卧室隔壁那个房间，墙上挂着一副完整的人骨。夜里微风吹过，那些骨头就咔嗒作响。白天里我们还去拨动它。那个时候，我们跟着一位学者研读《弥迦那陀之死》[1]，还有一位坎贝尔医学院的学生教我们解剖学。监护人要我们马上成为所有学问的专家。至于我们距离他的心愿得偿还有多远，了解我们的人就知道没有必要拆穿真相，而不了解我们的人如果拆穿真相就很不明智了。

那已经是很久以前的事，那副骨架现在已经不在了，我们脑子里的解剖学知识，也同样不知去向。

前几天因为家里有点事，房间不敷分配，于是我搬到了那个房

1 *meghnād-badh kābya*，一部精彩的原创史诗，源自罗摩衍那的故事，但是解构了原来的传统意义。作者迈克尔·马杜苏丹·杜塔（Michael Madusūdan Dutta，1824—1873）是现代孟加拉语诗歌与戏剧的先驱。这首诗的经典地位及其艰涩的文字，使它成为孟加拉语学生的噩梦。泰戈尔年幼时也不喜欢它。

间过夜。我不习惯，所以睡不着。我辗转反侧，教堂大钟每次报时都听得清清楚楚。屋角那盏油灯闪烁，五分钟后，就完全熄灭了。最近我们家里办了几次丧事，所以油灯熄灭很快就引起我的一些恐怖念头。灯焰可能在夜里一点钟逐渐消逝，化作永恒的黑暗；人的生命之火，这小小的火焰，也会在哪一天或者夜里熄灭，然后被遗忘。渐渐地，关于那副骨架的回忆又回来了。我正在想象骨架主人的一生可能是什么模样，突然感到有个活物沿着墙边摸索，在我的蚊帐四周绕行，鼻息清晰可辨。它似乎在寻找什么，但是没找着，正在快步绕室而行。我很清楚，这全是因为缺少睡眠，过热的大脑自己编造出来的；听起来像是急促的脚步声，其实是我的头部血液涌动。尽管如此，我还是感到非常古怪。我想打破自己这种愚昧的恐惧，于是出声喊道："是谁在那里？"脚步声立刻在我的蚊帐旁边停了下来，然后我听见一声回答："是我。我来看看自己的骨头到哪儿去了。"

我当下决定不能对自己想象出来的东西示弱。于是我抱紧枕头，仿佛对老朋友那样欢欢喜喜说道："这活儿正适合半夜啊！你还需要那副骨架吗？"

黑暗中，贴着我的蚊帐传来回话："我怎么会不需要呢？我的胸骨是其中一部分——我那二十六岁的青春曾经围绕着它盛开。我怎么可能不想再见到它呢？"

"我懂。"我忙不迭回答，"赶紧找到就走吧。我正想睡会儿呢。"

"我看得出来，你很孤单。"那个声音说，"那就让我坐一会儿。

让我跟你说说话。三十五年前，我也曾坐在男人旁边，和他们聊天。三十五年来，我到处飘荡，在火化场的风中呼啸。今天我想坐在你旁边，再次像一个人那样聊天。”

我感觉到这个人在我的蚊帐旁坐下。我眼看逃不了，于是欢快说道:“好呀，你喜欢聊什么都可以。”

“我所知最有趣的故事，”她说，“就是我的一生。”

教堂的钟敲了两下。

“在我活着而且还年轻的时候，我怕某个人，就像怕死一样。那个人就是我的丈夫。我感觉自己像是上了钩的鱼。一个完全陌生的动物用一只鱼钩把我拖上来，一把抓住，使我离开了那清凉、深邃、保护我的水域，也就是我的家，而且不可能逃脱。结婚两个月之后，我的丈夫死了。我的公婆比我预期的表现得更悲痛。公公指出许多迹象，告诉婆婆我是论典里所谓的‘毒新娘’。这件事我记得很清楚。你在听我说话吗？你喜欢这个故事吗？”

“很喜欢。”我说，“到目前为止都很有意思。”

“那么继续听吧。我高高兴兴回到我父亲家里。我长大了。虽然人们极力掩饰这个事实，但我很清楚，像我这样美丽的女人是很少见的。你同意吗？”

“很可能。可是我从来没见过你。”

“没见过我？怎么会呢？你见过我的骷髅！好了，我不开你玩笑了。不过我要如何向你证明，这对空洞的眼窝里，曾经是一双黑色的大眼睛；颅骨可怕的露齿狞笑，远非我红唇上的甜蜜笑容；嶙峋枯骨上，曾经是一天天成熟起来的优雅、青春，以及无瑕的结实与丰满。向你描述这些，实在是有趣又恼人！甚至最高明的医生，也无法分析我的解剖结构！倒是有一位医生向他的挚友说过，我是一朵金色的莲花，意思就是，随便从哪具人体上都能学到解剖学与生理学，但我是独一无二的——一朵奇迹般的花。金色莲花里有骨架吗？我知道，无论我行立坐卧，都像转动一颗钻石那样，每一面都闪闪发亮——这种自然美的波光，随着我的举手投足大放异彩。有时候，我看着自己的手臂——这样的双臂能够甜蜜地制服世上最狂热的男人，就像一副马笼头。你记得妙贤公主[1]将阿周那拉上她的马车，堂皇载着他，震惊了天上、下界与阴间吗？能够与她的一切相提并论的就是我的匀称妖美的双臂、粉色的掌心、美丽纤长的手指。而那副毫无遮掩、空荡赤裸的骷髅，完全不是真正的我。当年我说不出话，孤立无援，我比世上所有人都恨你们。我渴望以我十六岁的模样在你们面前现身，我的美那样鲜活、青春；我要让你们无法入眠，我要扰乱你们的学习，把解剖学抛在脑后。”

“如果你有身体的话，”我说，“我会碰触它，并且发誓我的脑海里再也没有一丁点解剖学。你那颠倒众生的青春美丽是我此刻唯一的感知，璀璨铭刻在深夜的漆黑背景之上——此外没有其他！”

“我没有女性朋友做伴。我的兄长立誓不娶。家中没有其他女人。我通常坐在花园树下，想象整个大自然都爱上了我，所有星星都在看着我，微风悄悄从我身边走过，深深叹息，在我伸展的双腿

---

1 妙贤公主（Subhadra）是黑天之妹，阿周那是般度族（Pandava）五位王子之中的第三位。《摩诃婆罗多》的俱卢之战（Kurukshetra）中，妙贤公主驾驶战车，从战阵之中援救夫婿阿周那。

下，那些草叶如有知觉，也会马上神魂颠倒而晕厥。我想象世界上所有青年都默默聚集在我脚边，仿佛一丛青草。我感受到的是毫无理性的痛苦！

“我兄长的朋友沙希谢卡尔从医学院毕业之后，就成了我们的家庭医生。从前我就经常私下观察他。我的兄长是一个很独特的人，他似乎从来不曾睁开眼睛观看这个世界，仿佛对他而言，这世上永远没有足够的空间，因此他必须隐居在最偏远的边缘。沙希谢卡尔是他唯一的朋友，所以也是我最常观察的青年外人。在傍晚，我像女皇坐在我的花树下，世上所有年轻男人坐在我的脚边，都是沙希谢卡尔的模样。你在听我说话吗？你在想什么？”

“我在想，”我叹了一口气，“在当时我会羡慕沙希谢卡尔的。”

“你先听完整个故事吧。某个雨季里，有一天我发烧了。医生来为我看病。这是我们第一次见面。我把脸朝着窗，傍晚的红霞就会掩饰我的苍白。医生走进房间，看到我的脸；我想象我自己是他，他正看着我的脸。在余晖里，我的脸仿佛一朵微微凋萎的花一般脆弱，靠在柔软的枕头上；未加梳理的发丝落在我的额前，我羞涩低垂的睫毛，在脸颊上掩映着暗影。医生的嗓音低沉温和，他告诉我的兄长，他得量一量我的脉搏，我从被单下伸出浑圆而无力的手臂。我瞥了一眼，觉得要是戴上蓝色的玻璃手镯，看起来就更好了。医生测量我病弱的脉搏，我认识的所有医生都不曾像他此时这么坐立不安。他的手指非常不称职地轻颤。他能感觉到我的热度，我也感受到他的脉搏正在加快。你不相信吗？”

“我认为没有什么理由不相信你。”我说，“人的脉搏是根据不同情况而变化的。”

“在三四次生病再康复之后，我渐渐发现，在我想象的傍晚宫廷里，全世界几百万的男人只剩下一个。我的世界几乎完全荒弃了，留下的只有一位医生与一位病人。我总是悄悄穿上浅橙色的纱丽，在我的发辫里编上茉莉花串，然后坐在花园里，手里拿着一面镜子。为了什么？为了看着自己的倒影而感到喜悦？事实上，我并不是在看自己，因为观看我的人并不是我自己。我独坐的时候，变成了两个人。我眼中的自己，是医生眼中的我。我爱着，我崇拜，并且狂喜。在我心里，深深的叹息起伏着，仿佛呻吟的夜风。

“从那时起，我就不再孤单。走路的时候，我垂下眼睛，看着自己的脚趾按在地上的样子，心里好奇我们这位新入行的医生是否喜欢我的脚步。在午后，窗外热气蒸腾，没有一点声音，只有高高飞在空中的一只风筝发出鸣响，不然就是花园墙外的玩具小贩，喊着‘卖玩具，卖手镯’，而我铺开一张干净的床单，躺下来。我总是伸出一只裸着的胳臂，随意横陈在我的软床上，想象那个人看见了我的手臂，也看见了我伸展手臂的模样，然后双手将它捧起来，在我粉色的掌心里留下一个吻，再悄悄走出去。如果这个故事到此为止，你有什么看法？”

“挺不错，”我答道，“虽然有点不完整——不过我很乐意今晚自己接着在心里把它补完。”

“可是那样就会变成一个非常严肃的故事！结局的讽喻转折该怎么办？还有身体里那副龇牙咧嘴的骷髅呢？你仔细听接下来发生的事。医生的业务已有所成，于是在我们家的一楼开了一个小诊所。有时候我开他的玩笑，问他关于药品与毒药，以及什么东西能很快毒死一个人之类的事情。对于他的专业知识，他知无不言。我细心聆听，于是死亡就变得像一位亲人那样熟悉。对我来说，唯一真实的事物是爱与死。

“我的故事快结束了——不剩多少了。”

“而且夜晚也差不多要过去了。”我轻轻说。

“过了一阵子，我注意到医生最近心不在焉，似乎我的在场令他感到尴尬。然后有一天，我看见他一身盛装，向我兄长借用马车——那天晚上他要去某个地方。我无法装聋作哑。最后，我终于去找我的兄长，好不容易开口问：‘大哥，你告诉我，医生今天晚上要坐马车去哪里？’

“‘赴死。’兄长简洁明了地回答我。

“我说：‘别这样，告诉我实话。’

“‘去结婚。’这次他的回答比之前坦诚得多。

“‘怎么会呢！’我大笑起来。

“一点一点，我知道了医生从这桩婚事可以得到一万二千卢比。可是他将自己的计划秘不告人，如此羞辱我，又是为了什么？难道我曾经跪在他脚边告诉他，如果他结婚了我就会心碎而死吗？我一下子明白了，男人真是完全不能信任，而且这是从我在世上唯一在乎的男人身上学到的。

“就在薄暮之前，医生看完病人，走了进来。我尖厉地大笑，说道：‘哦，医生啊——原来你要结婚了？’

“我的坦率令他尴尬，而且他的脸色一下垮了下来。

“‘不是应该有乐队或者音乐什么的吗？’我问他。

“‘结婚是这么兴高采烈的事吗？’他轻轻叹了一口气。

“我实在笑得停不下来。我从来没听过这种事。‘这样不行的，’我说，‘得有乐队，得有灯光。’

“我兄长也被我说得情绪激动起来，马上出门去安排盛大的庆祝活动。我继续与医生闲聊，说起等新娘进了门，还会发生哪些事，我还会做些什么。我问道：‘医生，那么，你还会到处给女病人量脉搏吗？’虽然人的思绪，尤其是男人的思绪，是无法被直接感知的，但我可以发誓，我的话击中了他，就像一支长矛穿透了胸膛。

“婚礼安排在半夜。那天傍晚，医生与我兄长坐在屋顶上，喝了一两杯酒。这是他俩的习惯。月亮慢慢爬上来。我走过去，依然笑着，说：‘医生大人是不是忘了？表演要开始了！’

“这里要说明一个小细节：在这之前，我偷偷去了医生的诊所，拿了一些粉末，然后找了机会，把其中一小部分放进医生的酒杯里，而且没有人看见。从前我已经从医生那里学到了哪些粉末是致命的。医生一口喝尽了酒，凄凄看着我，用微微哽咽沙哑的嗓音说道：‘我得走了。’

“笛子吹了起来。我穿上一件瓦拉纳西的金线丝绸纱丽，戴上珠宝箱里的所有首饰，在发缝里涂满朱砂。然后我在最心爱的香榄树下铺开床单。这是一个美丽的夜晚。月光圆满、纯洁。这沉睡的世界，一阵南风抚净它的疲惫。花园里满是茉莉与素馨的芬芳。当笛声远去，当月光开始暗淡，我周围的整个世界——这些树，天空，我这一生的家——似乎都是幻境，我闭上眼睛，微笑了。

“我希望当人们找到我的时候，这一抹微笑依然在我的红唇上，如毒物令人陶醉。我希望，当我缓缓进入我的新娘卧房，在那永恒的黑夜里，我能带着这一抹微笑一起走。可是新娘的卧房在哪里？我的新娘衣饰在哪里？我被自己身体里的敲击声唤醒，发现有三个男孩正从我身上学习解剖学。在那曾经搏动着喜悦与哀伤的胸膛里，曾经有青春的花朵，每天一瓣瓣盛开。而现在有一位教师以手杖指指点点：这根骨头又是哪根骨头？我嘴角留下的微笑，现在又在哪里？

“你觉得我的故事怎么样？”

“很热闹。”我说。第一声鸦鸣哑哑。

“你还在吗？”我问。

没有回答。晨曦已经照进了房间。

塔拉普拉桑纳的名望[1]

TARAPRASANNA'S FAME

和大多数作家一样，塔拉普拉桑纳很腼腆，生性不擅交际。走出门与人们相处，对他而言就是折磨。长时间坐在家中写作使他视力减退，弓腰曲背，而且缺少处世经验。客套寒暄对他来说并不容易，因此他在自家以外的地方都感到非常不安全。外人觉得他有点呆，不过也不怪他们有此看法。比如，有一位地位很高的绅士初次见到塔拉普拉桑纳的时候，亲切地对他说："言语实在无法形容与您会面我有多么荣幸。"而塔拉普拉桑纳并不回答，他舌头打结，低头盯着自己的右手，仿佛在暗示："可能你颇感荣幸，不过我并不觉得自己能像你这么虚伪，宣称我也很荣幸。"或者有天午后，他应邀去某人的家，富有的主人可能会在天色初暗，为客人奉上食品之后，对于自己的待客之道说一些自谦的话："没有什么好东西——只是我们平时的粗食，穷人吃的，我担心实在配不上您。"塔拉普拉桑纳没接腔，仿

1 Kīrti，功绩、成就，也指名气或声誉。

佛东道主这番话的确是事实。有时候，有些和气友善的人坚称，在这个时代，像塔拉普拉桑纳这般学问渊博的人已经很少了，辩才天女[1]肯定是抛下了自己的莲座，停驻在他的咽喉上。塔拉普拉桑纳并不知道，凡是当面称赞对方、贬低自己，都是刻意夸大，这些人期待对方反驳自己。如果对方毫不犹豫地全盘接受，他们就会失望。他们很乐意听到对方指出自己错了。

塔拉普拉桑纳与自己家人的相处模式则大为不同——连他的妻子达卡尔莎亚妮与他争辩的时候也赢不了他。她常常不得不说："好了好了，我认输。我还有活儿要干。"很少有做丈夫的拥有这样的技巧或运气，能够在舌战里让妻子甘拜下风！

塔拉普拉桑纳对自己的生活感到心满意足。达卡尔莎亚妮坚信，没有人的学识智慧比得过她的丈夫，而且她也总是直接这么说。然后他就回答："你没有别的丈夫好拿来跟我比较。"这令她非常生气。她唯一不满的就是她的丈夫从来不向外界展现他那过人的天分——根本没有尝试过。他的作品都还没有出版。

有时候她要求丈夫朗读作品给她听，她越听不懂，就越感惊叹。她读过克里特蒂巴斯[2]的《罗摩衍那》、卡希达斯[3]的《摩诃婆

1 Sarasvati，梵天（Brahma）的妻子，掌管智慧、科学、辩才、音乐，并且发明了梵语的天城体书写字母。

2 Krittibas，十四世纪末、十五世纪初的著名诗人，孟加拉语的《罗摩衍那》就出自其手，那是中世纪孟加拉语诗歌中最著名的作品。

3 Kashidas（Kāśirām Dās），十七世纪的孟加拉语诗人，中世纪孟加拉语的《摩诃婆罗多》出自其手，不过其中也有他的侄子纳纳达拉姆（Nanadaram）与其他人的手笔。

罗多》、卡比坎坎[1]的《昌迪女神叙事诗》，也听过别人背诵这些诗。这些诗如水一般清透，即使不识字的人也很容易听懂；可是她从来没见过像她丈夫的作品这样的，这么精彩以至于完全捉摸不透。她想：“等到这些书印出来，结果没人看得懂一个字，大家可就要赞叹了！”她一再告诉她丈夫：“你应该把你的书印出来。”

“关于印书这件事，”他答道，“伟大的摩奴曾说过：‘对于神创造出的人类来说，这是很自然的举动，但是节制才有大的回报。[2]’”

塔拉普拉桑纳有四个孩子，都是女儿。达卡尔莎亚妮认为这是自己的失职，因此感到自己配不上这么有才华的丈夫。她有幸嫁给这么一位丈夫——他轻而易举地写出令人敬畏的巨著，她却只生出了女儿，这完全是她个人无能，十分可耻。

当塔拉普拉桑纳的长女身高到了他胸口，他这种无忧无虑的满

---

1 伟大的十六世纪孟加拉语诗人牟库杜兰·查克拉瓦提（Mukunduram Chakravarti），卡比坎坎（Kabikankan）为其尊称。《昌迪女神叙事诗》（*Chandimangal*）是颂神叙事诗（maṅgalkābya）的代表作。颂神叙事诗是一种孟加拉语的诗歌，用以称颂孟加拉地区的神明，比如昌迪（Chandi）、摩纳娑（Manasa）、达摩（Dharma）、湿陀罗（Shitala）等。
愤怒女神昌迪与痘神湿陀罗为雪山神女化身。摩纳娑是女性蛇神，达摩为正法神。——译者注

2 《摩奴法典》第五十六条，原意指的范围是“饮食、饮烈酒、性行为”。摩奴是传说中制定法律与宗教戒律的半神，是人类十四位半神祖先之一。因此“摩奴子孙”指的是遵循法律戒规的人。与之相对的是泰戈尔在《编辑》一篇中提到的戏谑称呼“哈奴子孙”，指的是引起破坏混乱的人，借用了印度神话中猴神哈奴曼的称呼。（其实哈奴曼没有后代，这只是泰戈尔的文字游戏。）

足就结束了。他现在意识到，四个女儿将一个一个嫁出去，这得花上一大笔钱。他的妻子很有信心，说："只要你稍微花点心思，我相信我们就不必担心。"

"你真的这么想？"塔拉普拉桑纳很焦虑，"好吧，你有何建议？"

"到加尔各答去，"达卡尔莎亚妮丝毫没有犹豫与怀疑，"把你的书印出来，让每个人都知道你的大名。钱很快就会滚滚而来。"

塔拉普拉桑纳逐渐受到妻子鼓舞，觉得自己到目前所完成的作品足以支付村里每个女孩的婚礼。可是关于他前往加尔各答有个很大的问题：达卡尔莎亚妮不能让这个天真无助、娇生惯养的丈夫独自出门。谁来伺候他吃饭、穿衣，提醒他日常杂务，保护他免于这世上各种潜在的危险？而这个不谙世事的丈夫也不乐意带自己的妻子去陌生的地方。最后达卡尔莎亚妮从村里聘请了一个见多识广的男子，代替自己前往。关于她丈夫的日常所需，她给这位先生交代了无数指示。她给丈夫送行时，还让他发了许多誓，又给他戴上许多护身符。他出发之后，她瘫在地上哭了起来。

在加尔各答，由于有了这位机敏的"保姆"相助，塔拉普拉桑纳出版了自己的书《吠檀多之光》[1]。他典当妻子首饰的大部分所得都花在出版这本书上了。

他把《吠檀多之光》送到书店去，还送给每位编辑，无论这些人知名与否，他都赠书以求书评。他也寄了一本给妻子，用的是挂

1 吠檀多（Vedanta），印度哲学六个正统学派之一。

号信。他担心要是不挂号的话，会被邮差偷走。

那天达卡尔莎亚妮头一回看到这本扉页上印着丈夫姓名的书，马上遍邀她认识的本村妇女来吃饭。她事先把这本书摊开来，放在为她们安排的座位附近。等到每个人都就座之后，她说："哦，这怎么了，谁把这本书落在这里了？安南达，亲爱的，请你把它拿起来好吗？我来把它收好。"安南达是这些人里唯一识字的。那本书就这样被放回了书架。达卡尔莎亚妮自顾自忙了几分钟，然后对长女说："莎希，你要不要读你父亲的书？去吧孩子，去读一读。别害羞。"可是莎希看起来一点都不感兴趣，于是过了一会儿，她母亲气恼地说："别搞坏了你父亲的书！把它拿给卡玛拉，放到矮柜上去。"如果那本书有意识的话，在这么饱受一天折磨之后，大概会感觉自己更像是"吠檀多之死"了。

报刊上的书评一篇接着一篇出来。达卡尔莎亚妮的预期果然是对的：各地的评论家对这本书连一个字也看不懂，于是都感到十分震撼。他们异口同声地说："这种内容的书从来没有出版过。"最多只读过雷诺的《伦敦谜案》[1]孟加拉语译本的评论家们，也非常激动地写道："如果有更多这样的作品问世，而非现今泛滥的剧本与小说，那么孟加拉语文学就能真正吸引读者了。"祖祖辈辈从未听说过吠檀多为何物的人们也写道："我们并非完全同意塔拉普拉桑纳先生的看法（篇幅所限，在此不赘）。不过大致上，我们的观点与

1 *London Mystery*，W. M. 雷诺（W. M. Reynolds）的八卷本系列小说，曾被翻译成孟加拉语，风行一时。

这位作者是一致的。”如果这个说法是真的，那么这本书“大致上”都得扔进火里烧掉。

到处——无论这些地方有没有图书馆——都有图书管理员写信来，向塔拉普拉桑纳索取这本书，他们不是用钱，而是用印有官方信头的正式信函来“买”这本书。其中许多人写道：“您富有思想性的大作在我们这个地区已经引起众多需求。”塔拉普拉桑纳不大确定他们所谓的“富有思想性”指的是什么，不过他还是得意地自掏腰包把《吠檀多之光》寄了过去。

这些称颂之词让他欢喜到了极点。这时达卡尔莎亚妮来了一封信：她快要生下第五个孩子了。于是他与他的“保姆”到每一家书店去收书钱，可是店主的话都一样：一本书也没有卖出去。只有在其中一家，曾有人从外地写信来要这本书，于是店主就以到付邮件寄过去，结果被退了回来——没人收这本书。店主还得支付邮费，所以他恨恨地坚持当场把这些书退给塔拉普拉桑纳。

塔拉普拉桑纳回到住处，想了一遍又一遍，还是无法理解发生的这一切。关于自己这本“富有思想性”的书，他想得越多，就越担心。终于他以最后剩下的一点点钱应付着，启程回家。

他刻意表现出快活的模样，与妻子团聚。她面带微笑，期待听到好消息。他抽出一份《孟加拉信使报》，搁在她膝头。她一边读着，一边给予这位编辑无尽的祝福，在心中为他的笔献上敬神的大礼。然后她又看着自己的丈夫，他又拿出一份《新黎明》。达卡尔莎亚妮带着万分欣喜读完，又以温柔期盼的目光看着自己的丈夫。这次他拿出一份《新世纪》，然后是《印度财富》，然后是《快乐的觉醒》，然后是《阳光》和《新闻之波》，然后是《希望》《黎明》《上升》《鲜花》《伴侣》《悉多公报》《阿诃利耶图书期刊》《悦人新闻》《守卫者》《世界法官》《茉莉花藤》。满面笑容的达卡尔莎亚妮喜极而泣。然后她擦干眼泪，又一次看着自己的丈夫——看着他喜气洋洋的脸上的名望之光。

“还有很多报刊。”他说。

“我下午再看，”达卡尔莎亚妮说，“现在先给我别的消息吧。”

“我离开加尔各答的时候，”塔拉普拉桑纳说，“听说总督夫人出了一本书——不过她在书里头没提到《吠檀多之光》。”

“我不想听这个，”达卡尔莎亚妮说，“告诉我，你还带了什么其他东西回来。”

“我还有几封信。”塔拉普拉桑纳说。

于是达卡尔莎亚妮直截了当地说：“你带回来多少钱？”

“五卢比，向比杜布尚借的。”塔拉普拉桑纳说。

最后达卡尔莎亚妮听完了整个故事，她原本相信这个世界正直诚实，至此信任完全崩塌。那些书商显然骗了她的丈夫，孟加拉省所有买书的人也联合起来骗了那些书商。最后她得出结论：她派去代表自己陪同丈夫的那个人，比杜布尚，也暗自与书商联手了；再想一想，甚至住在村子另一头的比希万巴尔·恰特尔吉——她丈夫的老对头——在这次密谋里肯定也有一份。就是这样没错。就在她丈夫启程去加尔各答前两天，她看到比希万巴尔在那棵榕树下和卡诺伊·帕尔聊天；之前她没想到比希万巴尔居然经常和卡诺伊·帕尔接触，而现在这场阴谋在她眼里已经真相大白。

达卡尔莎亚妮为了家里的情况越来越烦恼。这么简单的一个赚钱方法失败了，使得她只生女儿的罪孽羞愧翻了倍。这件事怪不了比希万巴尔、比杜布尚和全孟加拉省的人民，只能是她一个人的错，她也怪罪自己的女儿——包括已经出生的和未来将要出生的。日日夜夜，她心里没有一刻平静。

她的分娩期将近，健康也更差，每个人都十分紧张。慌乱无助的塔拉普拉桑纳去见比希万巴尔，说："大哥，如果你愿收下我的五十本书作为抵押，我就可以从城里请一名可靠的助产士来。"

"兄弟，别担心，"比希万巴尔说，"我给你钱——书你留着。"他说服卡诺伊·帕尔借给塔拉普拉桑纳一笔钱，而比杜布尚自掏腰包去加尔各答找了助产士。

达卡尔莎亚妮仿佛感觉到了什么，将她的丈夫唤进房里，对他说了一番话，并且要他发誓："觉得疼得厉害的时候，别忘了吃那些神药；千万不要把隐修士给你的护身符拿下来。"她握住丈夫的手，又要他答应了其他数不尽的小事。她还告诉他不可信任比杜布尚，就是这个人毁了他，所以她现在无论如何也不能把丈夫，以及神药、护身符、符咒等一切交在此人手中。她一再警告自己的丈夫——这个容易轻信的、健忘的、如湿婆一般的丈夫——提防世上这些毫无心肝、爱走歪门邪道的阴谋家。最后她低声说："我的小女儿出生之后，如果她活下来，你一定要给她取名吠檀多普拉巴，就是'吠檀多之光'。之后你可以叫她'普拉巴'。"她又为她丈夫行了拂去脚上灰土的大礼，心里只有一个念头："我嫁进他家来，什么也没给他，只给他生了女儿。也许他的霉运就到此为止了。"

当助产士喊道："太太，你看，你生了一个美丽的女儿。"达卡尔莎亚妮看了一眼，然后闭上眼睛，轻轻说了一声"吠檀多普拉巴"。她在这世上再也没有时间说点别的了。

爷爷[1]

ṬHĀKURDĀ

1

从前，人们认为纳扬乔尔地方的地主是真正的贵族。他们的头衔是“老爷”[2]，当年这个头衔可不是容易获得的。现在，顶着“拉贾”或者“雷伊巴哈杜尔”贵族头衔的，必须有舞会、晚宴、赛马、奉承、人情关系；而从前，要赢得大家公认的老爷头衔，一样要下很大一番功夫。

纳扬乔尔地方的“老爷”们，新做的细棉腰布都得先撕掉布边才缠，因为这种布边对他们的贵族肌肤来说太粗糙。他们会花上几十万卢比给宠物小猫办婚礼。据说某次节庆上，他们将夜晚变为白昼，不仅用了灯火，还遍撒真正的银丝以模仿阳光。这种富丽堂皇的大手笔，后人显然是无法完全继承的。就像一盏点了许多灯芯的

---

1 Ṭhākurdā，父系祖父，也用来称呼老人，稍带打趣或者纡尊降贵的语气。

2 Babu（Bābu），印度教孟加拉人的头衔，原本只用于贵族，在十九世纪则用于受过教育者。英国人用这个词时往往带有贬义（“孟加拉老爷”），但是在孟加拉语的用法中完全没有。

油灯，很快就燃尽了。

我们的老朋友，卡伊拉斯钱达拉·拉伊乔杜里，就是著名的纳扬乔尔老爷们的后裔——已然燃烧殆尽。他出生的时候，那盏油灯就差不多要点完了；到他父亲去世的时候，葬礼极为铺张，这盏油灯噼里啪啦响了最后一场，然后就完全熄灭了。产业遭变卖以偿还债务，剩下来的实在太少，再也撑不起这个家族的名号。于是卡伊拉斯老爷离开纳扬乔尔，与儿子来到加尔各答；然而没多久，他的儿子也抛下了这世上的黯淡生活，去了另一个世界，只给他留下一个孙女。

我们是卡伊拉斯老爷的邻居。我们家族的历史与他的大相径庭。我的父亲白手起家，俭省每一分钱，连他的腰布长度都尽量节约[1]，而且从来没想着当一位“老爷”。我是他的独子，对他满怀感激。我受了点儿教育，不太费力就有足够的收入，让我能抬头挺胸，对此我深感自豪。比起空荡荡的老祖宗荣光，还是继承一个小铁盒里的公司债券好得多。

也许这就是为什么我这么厌烦卡伊拉斯老爷总是拿破产的老祖宗账户开空头支票！我觉得他多少有点鄙视家父，因为家父自食其力。这一点让我非常生气——他算哪根葱，也敢看不起我们？我的父亲做了许多牺牲，扛过了许多诱惑，而且并不想出名。他凭借自己的细心努力、才智本领克服了所有障碍，把握了每个机会，以自己的双手挣来了财富。这样的人不应该因为缠短腰布而受人鄙视！

1　传统上孟加拉绅士缠的腰布长度及踝。“缠短腰布”象征吝啬或者出身低微。

那时我还年轻，所以才会有以上感受，才会那么怒气冲冲。现在我已年长，这种事不再令我烦恼了。现在我很富裕，什么也不缺。如果某个一无所有的人能够借着讥讽他人得到一些乐趣，我并不会因此有何损失，再说这个可怜的家伙还能从中得到一些安慰。

值得注意的是，除了我之外，没有人觉得卡伊拉斯老爷惹人生厌，因为他有一种罕见的天真。他与邻居打成一片，彻底融入他们的感受与活动。他对他们所有人都报以微笑，不分老少；他喜欢亲切问询每个人的近况，无论他们是谁，无论他们身在何处。每次与相识偶遇，他都有一连串问题："你好吗？莎希好吗？您的父亲身体可好？我听说马杜的儿子发烧了，现在好多了吧？我好一阵没见到哈里恰兰老爷了，他病了吗？拉卡尔怎么样了？家里每个人都好吗？"诸如此类。

他永远衣着讲究。他的衣服并不多，可是每天都拿出来晒太阳通风，包括一件马甲、一条披肩、一件衬衣，连同他的枕头套、睡垫、古老的床罩，掸刷后一起晾在晒衣绳上，之后折叠起来，整整齐齐挂在衣架上。他出门的时候，似乎永远都是穿着他最讲究的衣服。他的房间里虽然家饰寒酸，却是一尘不染；他看起来比实际景况好得多。因为家中缺少仆用，他总是关起房门，利落地给腰布打折，自己穿戴整齐，并且仔细熨烫披肩与衬衣袖子。他失去了家族的庞大产业，不过还是从贫困的獠牙之下设法保存了一把贵重的玫瑰香水喷壶、一个香膏罐、一只金盘、一把银水烟壶、一条昂贵的披肩、一套老式的衬衣长裤和一顶头巾。遇上必要的场合，他就把这些都拿出来，纳扬乔尔老爷们的荣光与举世皆知的名声就再次活了过来。

他文雅自然，有时候也讲虚面子——但都只是出于对先祖的忠诚。大家都纵容他这一点，还觉得相当可爱。他们叫他“爷爷”，而且经常在他家里聚会。不过大家唯恐烟草花费对他来说负担太重，每每有人自己带了点来，都会说：“爷爷，你尝尝这个，实在妙。”爷爷就吸上几口，然后说：“不坏，真不坏。”接着他就会讲到一盎司[1]六十或者六十五卢比的烟草，问有没有人想尝尝。如果有人答应了，接下来他就会到处找钥匙，不然就是声称不知道老仆伽内什这浑球把他的烟草放到什么鬼地方去了，而伽内什会安详接受他的指控，最后大家齐声说：“爷爷，别麻烦了，那种烟草不合我们口味，这个就很好了。”

爷爷闻言微笑，也就不再坚持款客了。到了大家起身离开的时候，他说：“那好吧，你们打算什么时候来跟我尝尝我的烟草？”大家就说：“再找个时间吧。”爷爷说：“好，先让天下点儿雨，天气凉快一点。现在这么热，咱们没法好好抽烟。”等到雨真的来了，也不会有人提醒他这回事。就算这个话头又被提起，大家又会说：“最好等雨季过了再说。”

他的朋友都说，这么逼仄的地方不适合他居住，他在这里想必十分难熬，可是在加尔各答要找个像样的住所可真不容易！得花上五六年才能找到大小合适的租屋。“朋友们，别为我担心，”爷爷说，“跟你们住得这么近是一大乐事。我在纳扬乔尔有一栋大房子，可是

1　1 盎司约等于 28 克。——编者注

我在那里并没有家的感觉。”我相信爷爷知道大家都明白他的真正处境，纳扬乔尔的产业早已流失，而他假装依然存在，每个人也都附和他，他在内心深处知道，这种彼此心知肚明的善意欺骗不过是友情的一种表达。

可是我觉得这种事令人恶心！人在年轻的时候想要把虚荣踩在脚下，尽管它是无害的，而且比起许多更严重的罪恶，愚蠢显得更不可饶恕。卡伊拉斯老爷并不傻，每个人都向他请教求助。不过只要是关乎纳扬乔尔的荣光，他就毫无理智可言。大家都爱他，所以从不反驳他这些胡话，而他更是信马由缰了。如果有人称颂纳扬乔尔，他也开开心心接受，一点也不怀疑别人可能并不相信这些话。

他住在陈旧虚假的城堡里，而他以为这座城堡是永存的。我经常希望自己能用几枚炮弹公开轰垮这座城堡。猎人看到一只鸟停在附近的树枝上，以为容易得手，就会举枪射击；顽童看见山边一块岩石，就想踢一脚让它滚下去。对于将落未落、仍在边缘挣扎的物体施以最后一击，不但能给袭击者带来满足感，也会让旁观者鼓掌叫好。卡伊拉斯老爷的谎言太幼稚了，立足点薄弱。这些谎言在真理的枪口下放肆跳跃，所以我渴望轻轻扣动扳机，把它们全部轰掉。只不过我懒得行动，对传统的尊重也让我按捺下来。

2

到目前为止，我分析了自己当时的思想。不过我认为我对卡伊拉斯老爷怀有恶意，还有另一个深层原因。这一点需要解释一下。

虽然我是富家之子，但仍准时拿到了文科硕士学位；虽然我还年轻，但并不沉迷于低级趣味，也不与下流人来往。我的父母去世之后，我也并没有因为成了一家之主而腐化堕落。至于我的相貌，自称英俊可能太傲慢，但也并非假话。因此我在孟加拉地区的婚姻市场上价值是很高的，我下决心要把它扎扎实实兑现。我想要的是美丽、受过教育的富家独生女。

远近四方都有说媒的找来，提出的嫁妆有一万卢比、两万卢比。我谨慎客观地加以权衡，可是没有一个合我的心意。于是我很同意薄婆菩提[1]这番话：

> 谁能保证我的良配已经降生？
>
> 世界如此广阔，一生还长得很。

但是我也怀疑，在狭小的孟加拉地区能否找到这么稀有的理想对象。

家有女儿的父母们都恭维我，奉上各种堪比供神的献礼，而我也十分受用（无论我喜不喜欢他们的女儿）。像我这样体面的男人当然配得上这些供礼！论典里说，无论神明是否赐福予人，他都要得到适当的供礼，否则就会动怒：源源不断的礼物让我有了同样了

1 Bhababhuti（Bhababhūti），七世纪到八世纪的著名梵语诗人，其作品包括《茉莉和青春》、《罗摩后传》。

不得的想法。

我之前提到，这位爷爷只有一个孙女。我经常看见她，不过并不觉得她美，因此没有娶她的念头。不过我还是期待卡伊拉斯老爷——亲自或者透过媒人——以孙女的婚事为目的，给我送来礼物，因为我是个理想的姑爷。可是他并没有这么做。我听说他曾经跟一些朋友提到，纳扬乔尔老爷们在任何事情上都不会主动迈出第一步，就算他的孙女因此嫁不出去，他也绝对不可能破例。这件事让我感到颇遭冒犯，而且怒气延续了很长一段时间。只不过我的良好教养没让我流露出来罢了。

不过我的性子就是在愤怒之中还有一星幽默的火花，就像闪电与雷彼此关联一样。我不会对这个老人做出直接的伤害，但是很想试试某个有趣的计划。之前我说过，大家都习惯撒一些无伤大雅的小谎让他开心。住在附近的一位退休法官就常说:“爷爷，每回我遇见省督，他总是询问纳扬乔尔老爷们的近况。他说，只有布德万的拉贾和纳扬乔尔的老爷是孟加拉地区的真正贵族。”

这番话让爷爷十分高兴，于是每次遇见这位退休法官，他都会在那些客套话里加上几句:“省督最近好吗？省督夫人好吗？他们的孩子都好吗？”他还打算最近找一天去拜访省督。不过法官很清楚，在著名的纳扬乔尔驷马车准备好出门之前，省督与总督早已经换任好几回了。

一天早上，我去了卡伊拉斯老爷的家，把他拉到一边，神神秘秘地低声告诉他:“爷爷，昨天我出席省督的接待会。他说到纳扬乔尔的老爷们，我告诉他，纳扬乔尔的卡伊拉斯老爷此刻就住在加尔各答。他深表歉意，因为这么久以来都没来见您，然后说他今天中午就会以私务来访。”

换了别人就能看穿这件事，就算是卡伊拉斯老爷自己，如果这件事是发生在别人身上，他听见了也会哈哈大笑。可是现在当事人是他自己，他就一点也没有起疑。他愉快又慌张：他该请省督坐在哪里呢？他该做些什么来接待他？该怎么迎接他？他怎么才能保持纳扬乔尔的名声不坠呢？他完全没了主意！而且他不懂英语，如何交谈也是个问题。

“这个不用担心，”我说，“他会带翻译来。不过省督坚持不能有其他人在场。”

到了下午，正当这一带大多数居民都在办公室里，或者在家小睡的时候，两匹马拉着马车到了，停在卡伊拉斯老爷住所门前。穿着制服的仆从唱名报告：“省督阁下驾到。”爷爷已经准备好了，他身穿一套老式的白色宽松上衣与长裤，戴着头巾；老仆伽内什穿戴着主人的腰布、衬衣与披肩。一听见通报，伽内什就气喘吁吁、颤颤巍巍地跑到门前，不断深深弯腰，行了好几次额手礼，把身着英式服装的、我的一位同龄好友让进房间里去。

卡伊拉斯老爷把自己的一条昂贵披肩铺在高凳上，请这位冒牌省督坐下，然后用乌尔都语说了一大篇冗长的自谦之词。接着他用自己悉心保存的传家宝之一，就是一只金盘，展示了一串莫卧儿金币。而伽内什则肃立一旁，捧着玫瑰香水喷壶与香膏罐。

卡伊拉斯老爷一再表示遗憾，省督阁下没能前往他在纳扬乔尔的老家，在那里他就能照着该有的规矩殷勤款待了。他在加尔各答是个外地人，人生地不熟，做什么都没法像样。诸如此类，说了很多。

我的朋友沉重地摇摇头，他头上还戴着大礼帽。按照英国规矩，他进入室内应该脱帽才对，可是他想尽量保留一些掩蔽物，免得被识破。这个孟加拉青年的伪装根本骗不过任何人，除了卡伊拉斯老爷与他的糊涂老仆之外。

十分钟之后，我的朋友鞠了一躬告辞。事先排练好的仆从拿起金盘上的那串金币和高凳上的披肩，又从伽内什手中接过了玫瑰香水喷壶与香膏罐，并将这些一股脑儿拿到了冒牌省督的马车上。卡伊拉斯老爷以为这是省督的惯例。我在隔壁房间从头到尾看着这一切，为了忍住不笑差点把肋骨都崩断了。

最后我实在忍不住，于是跑到稍远的一个房间里，可是我刚笑出声来，就看见一个女孩正伏在一张矮床上啜泣。她看见我，马上站了起来。她用黑色的大眼睛愤愤地扫射着我，语带哽咽地说："我爷爷对你做了什么吗？你为什么要来捉弄他？你为什么进这里来？"然后她说不出话了，又以身上的纱丽掩面而泣。

于是我的哄笑到此为止。我一直认为自己做这些事只是出于幽默，但直到现在我才看清，我狠狠击中了他人心中的隐痛。我的行为令人厌恶且残忍，这一切在那一刻暴露无疑。我悄悄溜出房间，感到可耻而尴尬，就像挨了一脚的狗。这个老人可曾对我使过什么坏？他那种天真的自负从来没有伤害过任何人！为什么我的自负就要这么恶毒呢？

与此同时，我也头一回睁开双眼，注意到了某些事。长久以来在我眼里，这个叫库苏姆的女孩只是货架上的商品，等待某个未婚男子注意到她。她待在货架上，是因为我不感兴趣，谁有兴趣就去娶她吧！而现在我知道了，这栋房子里有个女孩，她有一颗仁慈的心，这颗心的丰富情感围绕着一片神秘的国度：它的东边是无法蠡测的过去，西边是未知的未来。拥有这样一颗心的女孩，难道应该被人挑挑拣拣，议论她的嫁妆多寡，还有鼻子、眼睛好看与否？

那天晚上我彻夜未眠。第二天早上，我带上从爷爷那里拿来的所有宝物，像个贼似的潜入他家。我打算把这些交还给老仆，什么也不解释。

可是我没找到老仆，慌乱之中，我听见爷爷与孙女在屋里聊天。贴心亲昵的孙女问他："爷爷，昨天省督跟您说了什么？"爷爷高高兴兴编了一长篇对于纳扬乔尔老宅的称颂之词，假装是出于省督之口。女孩兴致高昂地听着。

对年迈的爷爷，她这番温柔母性的善意欺骗使我热泪盈眶。我在那儿静静坐了很久，直到爷爷终于说完故事，走了出去，我才拿着自己骗来的东西，走过去放在她面前，什么也没说就离开了。

接下来当我再见到老人，我向他行了拂去脚上灰尘的大礼（在这之前，由于我履行现代仪节，从未行过礼）。他可能以为我突然如此恭敬是因为省督造访。他兴致勃勃地向我讲述省督此行的场面，而我也快活附和。一旁的其他人知道这些都是编造的，但也都高兴地聆听。

等到别人都离开了，我结结巴巴地提出求婚。我说我的家族血统远远比不上纳扬乔尔的老爷，可是……

我终于讲完之后，老人紧紧抱住我，欢天喜地地说道：“我是个穷人，我从来没想到自己能有这样的好运。我的库苏姆必定是积了大德，现在才能有你眷顾我们。”他说着喜极而泣。这是头一回卡伊拉斯老爷忘了自己身为贵族后裔的责任，承认自己是个穷人，承认接纳我也丝毫不会损及纳扬乔尔老宅的名声。我曾经使坏想要羞辱这位老人，而他始终全心全意地视我为最般配的孙女婿候选人。

编辑

THE EDITOR

我的妻子还在世的时候，我没怎么在普拉巴身上费心。我跟她母亲的交流比跟她的要来得多。我很喜欢看她玩耍、欢笑，听她牙牙学语，回应她对我的爱。我兴致来的时候，就和她一起喧闹。不过要是她开始哭，我就把她还给她母亲，赶紧逃离。我从来没想过，带大一个孩子需要怎样的照料与心力。

但是我的妻子突然早逝，养育普拉巴的工作就交到了我手上。我热情地拥抱、珍惜她。我不确定到底是谁的关切更强烈：是我以双倍的爱带大失去母亲的女儿，还是她照顾失去了妻子的父亲？总之，她从六岁开始，就负起管理这个家的责任。很明显，这个小女孩很努力，想要担任父亲的唯一监护人。

把自己完全交到她手里，让我觉得很有趣。我注意到，我表现得越无能无助，她就越开心；如果我自己收拾衣服或者雨伞，她就会表现得仿佛是我侵犯了她的权利。以前，她从来不曾拥有像她父亲这么大的洋娃娃；现在她整天沉迷于给父亲东西吃，给他衣服穿，安置他睡觉。只有当我陪她一起读算术书、读诗歌读本的开头章节，我的父职才稍微恢复了一点点。

偶尔我会想，将来把她嫁给一位般配的新郎会花上一大笔钱——但我要到哪里去弄这么多钱呢？现在我尽我所能给她最好的教育，如果她将来嫁给一个笨蛋，那就太可怕了。

我开始考虑赚钱这件事。我年纪太大了，不可能在政府里找个工作，也不可能在别的机关谋个一官半职。经过深思熟虑，我开始写书。

如果你在一段竹枝上打几个洞，它就不能当容器了，无法储存油或者水，失去了实际用途。不过如果你朝里头吹气，这就是一支很好的免费笛子。我认为，不幸在所有实际工作中无法发挥功用的人，肯定能写出好书。我对此充满信心，于是写了一部嘲讽笑剧。大家都说精彩，而且在舞台上演出了。

突然尝到了成名的滋味，危险的后果就是现在我无法停止写笑剧。我的眉头紧锁，心思整天都花在写这些东西上头。

普拉巴常常走过来，带着可爱的微笑问我："父亲，你要洗澡吗？"

"别管我，"我的口气很不耐烦，"现在别来烦我。"

小女孩的脸就像灯火突然被吹灭了一样，暗了；然而我甚至没有注意到她伤心了，默默走出房间。

我对女仆发火，掌掴男仆；如果乞丐过来寻求施舍，我会举着棍子把他轰走；如果有无辜的路人透过窗户向我问路（我的房间对着街道），我会叫他滚开。为什么大家都不明白，我正在写一部欢乐的笑剧呢？

可是我挣的钱与我的笑剧里的欢乐完全不成比例，也远不及我的名声。当时，我心中最牵挂的也不是金钱。与此同时，在我没想到的地方，刚好有一位配得上普拉巴的新郎正在长大，他将来可能迎娶其他父亲的女儿，解除他们身为人父的责任，而我完全没注意到这一点。可能只有挨饿才能让我清醒过来，而现在出现了一个新的机会。贾希尔村的地主邀请我为他新办的报纸担任有薪编辑。我接受了，开始全心投入写作。短短几天之后，街上的人就已经能认出我来，而且在我自己看来，我就像午后的太阳一样灿烂。贾希尔村旁边是阿希尔村，这两个村子的地主是宿敌。他们之间的争执曾经导致群殴，不过现在地方法官已经责令他们在法庭发誓保持和平，所以贾希尔村的地主就找了可怜的我来代替他那些凶残的卫队。

每个人都告诉我，我的任务执行得光荣而精彩。我的大笔完全震住了阿希尔村人，贬损了他们的历史与先人。

对我来说，这是个好时候。我发福了，脸上永远挂着微笑。我朝着阿希尔村人与他们的先人发起毁灭性的挖苦攻势，而贾希尔村的每个人都因为我的风趣笑破了肚皮。我真是无比开心。

到最后，阿希尔村也弄出一份报纸。他们一点也不咬文嚼字，兜头就是辱骂，其程度之狂热、言语之粗俗下流，就仿佛报纸上的每个字都在你眼前尖叫。两方村民都很清楚其意图。而我依然按照我的习惯，以幽默、精微、反讽去攻击我的对手，于是我的朋友和敌人都看不懂我要表达的意思。

结果是，虽然我赢了论战，可是每个人都以为我输了。于是我忍不住写了一篇关于品位的训喻文——但是我发现这也是个严重的错误，因为要嘲笑美好的事物很容易，要嘲笑本来就可笑的事物却很难。哈奴子孙能够欢乐嘲弄摩奴子孙，摩奴子孙却永远也无法给哈奴子孙戴上嘲弄的枷锁；于是品位就被哈奴子孙的怒骂咆哮取代了。

我的雇主对我也冷淡了。我在公共集会不受欢迎。我出门的时候，不再有人称颂我或者与我交谈。人们看到我的时候甚至开始大笑。这个时候，我的笑剧已经被完全遗忘。我感到自己就像一根烧完的火柴，曾有过一分钟的光彩，然后就熄灭了。我心灰意冷，再怎么搔头也写不出一行。我开始觉得，活着已经没有任何意义。

现在普拉巴怕我。她不敢靠近，除非我主动让她过来。现在她发现，跟一个写讽刺文章的父亲比起来，泥娃娃这个伴侣还是好太多了。

有一天，很明显，阿希尔村报的焦点已经不是贾希尔村的地主，而是开始集中在我身上。报上写了许多粗鄙的内容。每个朋友都带了一份来给我，还饶有兴致地念给我听。当中有几位说，不管其内容如何，文章本身是非常高明的——他们指的是文中的诽谤明显易懂。这样的评价我听了一整天。

我家前面有个小花园，一天傍晚我正独自在那里踱步，心中十分烦闷。鸟儿归巢，鸣啭已息，个个轻松地沉浸在黄昏的静谧中，而我则想着，鸟类没有讽刺作家的小圈子，没有关于品位的争论。不过我仍在专心思考如何巧妙回应那些毁谤我的人。尽善尽美的缺点之一就是并非所有人都看得懂，粗野的用语才是常见的，所以我决定以合适的粗野风格写一篇回应文章。我决不让步！在这个时候，我在昏暗夜色中听见一个微小的、熟悉的声音，然后我感觉到一只温柔、发热的小手碰了碰我的手。我当时心烦意乱，所以即便那声音与触感很熟悉，我也没有反应过来。过了一会儿，那声音才在我耳边轻轻响起，那细柔的触感也才明晰了起来。我身边有个小女孩，她正温柔地呼唤我：“父亲。”她没有得到回应，于是拉着我的右手温柔地在她的脸颊上贴了一下，然后就慢慢走进屋里去了。

普拉巴已经很久没有这么叫我，没有这样主动接近，表达爱意。因此这天傍晚，她轻柔的抚触一下子进入我的心里。

稍后我回到屋里，看见普拉巴躺在床上。她看起来很虚乏，双眼微微闭着；她躺在那里，像是一天过后开尽的花。我摸了摸她的额头，很热；她的呼吸也很热，太阳穴的血管在跳动。我这才明白，这孩子生病难受，所以才去找我这个父亲，满心渴望得到父亲的照料与关爱；而那个时候她的父亲正聚精会神地想写出一篇尖酸文章，好让贾希尔的报纸印出来。

我在她旁边坐下。她没说话，只是把我的手拉过去，握在她发烧滚烫的手心里，然后放在她的脸颊上，静静地躺在那里。

我点了一堆火，把贾希尔与阿希尔的所有报纸都烧了。那篇还击文章我始终没写。这样认输，给了我前所未有的快乐。

普拉巴的母亲过世的时候，我把她抱在膝上。而现在，在把她的“后妈”——我的文章——火化之后，我再次把她举起来，抱在怀里，带她回了家。

眼睛的恩典

THE GIFT OF SIGHT

我听说，现在许多孟加拉女孩必须自己找一个如意郎君。我也曾经必须找到自己的夫婿，但是神帮了我。也许这是因为我从儿时就虔诚供奉湿婆。我结婚的时候还不到八岁，可是我在某次轮回的罪孽使我无法完全得到我的丈夫。三眼母神难近母拿走了我的两只眼睛，在往后的一生里，她拒绝让我亲眼看见自己的丈夫。

火一般的洗礼从我的童年时代就开始了。我还不到十四岁，就生了一个死胎，我自己也几乎死去。不过如果一个人注定要受苦，那么她是没有机会太早死的。如果一盏油灯要燃得久，就必须有足够的油，在黑夜结束之前，它是不会熄灭的。我熬过了自己的疾病，但可能是因为身体衰弱、内心悲伤，或者其他原因，我的眼睛也受到了影响。

当时我丈夫正就读于医学院。他怀着学生的热忱，马上抓住这个机会检验自己的医学知识。他开始亲自治疗我的眼睛。我兄长当时也在读大学，学习法律。有一天，我兄长来找我丈夫，对他说：

“你这是在做什么？库苏姆的眼睛会被你毁掉的。找一个真正的好医生来给她检查吧。”

“如果找个好医生来，”我丈夫说，“他能给她什么新的疗法？所有可用的药我都很清楚。”

我兄长生气了，说：“这么说，你跟你们医学院里最高明的能人没两样了？”

“你读的是法律，”我丈夫说，“你懂什么医学？等到你结了婚而且必须动用法律的时候，比如处理你妻子的财产，你会来找我参谋吗？”

我心里想：“两位国王对战的时候，老百姓最好躲在一旁别挡道。我丈夫跟我兄长在争吵，可是最后付出代价的还是我。”我也一直认为，自从我出嫁之后，我大哥与他的朋友再也无权干涉我的生活。我的悲喜、健康与疾病，都交托在我丈夫手中了。

就因为这点小事，我丈夫与我兄长之间的关系变得很紧张。我原已泪水涟涟，现在更是时常落泪，但无论我丈夫还是我兄长都不明白真正的原因何在。

一天下午，我丈夫正在学校上课的时候，我兄长突然带着一位医生来了。医生为我检查之后说，要是不治疗，我眼睛的情况会恶化。他开了一些药，我兄长马上派人去买。医生离开之后，我说：“大哥，我求你不要插手我现在正在接受的治疗。”

我从小就非常尊敬我兄长，对他讲话这么直接，对我而言是很不寻常的。可是我很清楚，他背着我丈夫给我安排的治疗，对我不会有任何好处。我兄长似乎也对我的直率感到惊讶。他沉默了一会儿，说："好吧，我不会再带这位医生来了，可是请你试试这些新开的药吧。"药买来了，兄长向我解释该如何使用，然后离开了。在我丈夫下课到家之前，我把这些瓶瓶罐罐、涂刷、说明书都拿走，小心丢进我家庭院的水井里。

我丈夫似乎因为对我兄长不满，现在更加卖力地治疗我的眼睛。他每天换用新药。他给我戴眼罩，不然就是眼镜；他叫我给眼睛点眼药水，不然就是涂药粉；我还勉强吞下他给我的难闻鱼油，那东西让我反胃。他每次问我现在感觉如何，我就说："好多了。"我甚至说服自己，流泪是好事；后来泪水停了，我认为这是要开始好转。可是没过多久，我的眼睛就疼痛难忍，视力模糊，而且头痛得我打滚。我看得出来，连我丈夫也泄气了。可是过了这么久才第一次请医生来，他很难找到借口。

于是我对他说："如果要让我大哥安心，请医生来又有何妨？他最近实在气得毫无道理——很让我难过。你还是可以继续为我治疗，不过为了和气，也可以请个医生来。"

"这个办法好。"我丈夫说。当天他就请了一位英国医生来。我听不懂他说了什么，不过看来这位先生把我丈夫狠狠训了一顿，因为他垂着头，默默站在一旁。医生离开之后，我握住我丈夫的手，说："本地医生就能胜任了，何必找这么一个自命不凡的白皮驴来呢？这个人怎么可能比你更了解我的情况？"

"你的眼睛现在必须动手术了。"我的丈夫很紧张。

我假装很气愤，然后说："如果必须做手术，那么一开始你怎么不告诉我呢？你以为我会害怕吗？"

我丈夫恢复了自信，说:“有几个男人能这么英勇，不怕自己的眼睛被切开呢？”

“说不定他们只是在妻子面前展现英雄气概。”我打趣道。

“你说得没错。”我丈夫说着突然脸色苍白严肃，“男人从根本上是受虚荣心驱使的。”

为了冲淡他的严肃，我说:“难道你想跟我们女人比谁更虚荣吗？甚至在这件事上我们也是有优势的。”

这个时候，我兄长来了，我私下跟他说:“大哥，最近我一直在用你带来的医生开的药，眼睛好多了。可是几天前我一时疏忽，把该内服的药涂在眼睛上了，于是视线又开始模糊。我丈夫说，我得动手术。”

“我以为你用的是你丈夫的药，”兄长说，“所以很恼，一直没来看你。”

“没有，”我说，“我一直私下用你那位医生的药。我没告诉我丈夫，免得他生气。”

你瞧，女人不得不说这些谎！我不能惹我兄长生气，也不能伤害我丈夫的自尊。母亲得哄着孩子，妻子得让丈夫高兴——女人不得已的欺瞒就是这么寻常！不过我这番谋划已然有了成果，我在失明之前还能看见我丈夫与我兄长和解。

我兄长以为我的视力受损是因为他私下安排的治疗，而我丈夫感觉要是一开始就听我兄长的建议就好了。他们俩都感到内疚，因此都渴望得到原谅，于是彼此拉近了距离。我丈夫向我兄长请教，求其指引，我兄长也在所有事情上征求我丈夫的意见。

最后他俩同意请一位英国医生来为我的左眼动手术。我的左眼情况已经很糟，没能熬过手术这样的激烈手段，仅剩的那点微光也完全熄灭了。然后我的右眼也一点一点陷入了黑暗。一片幕布拉上了，永远挡住了我在儿时婚礼上掀起盖头的时候[1]，眼前初次见到的那张点着檀香粉的年轻脸庞。

有一天，我丈夫来到我床边，对我说："我不会继续哄骗你了。是我毁了你的眼睛。"

我从他的声音听得出来，他已经快哭了。我双手握住他的右手，说道："别担心，你只是拿走了属于你的东西。如果是别的医生毁了我的眼睛，难道就能令人感到安慰吗？如果注定没有人能治好我的眼睛，那么我失明的唯一安慰就是拿走我视力的人是你。有一次，罗摩没有找到足够的鲜花供神，于是牺牲了自己的眼睛。[2]我也把我的眼睛献给了一位神祇——我向你奉上了我满月的光华，我清晨的朝阳，我天空的蔚蓝，我大地的青绿。向我描述所有令你高兴的事物吧。我将从你那里获赐双眼视物的恩典。"

这一切我无法完全表达——我找不到合适的语言来描述；可是这就是我长久以来的感受。有时，疲惫淹没了我，我的信念开始衰退，我开始觉得自己遭到了损害，是悲惨、不幸的，那时我就告诉自己：倚赖这种慰藉、这种奉献，我就能让自己从这样的困境中重

---

1 śubhadṛṣṭi，印度婚礼上新娘第一次在新郎面前揭开头纱的时刻。

2 出自《罗摩衍那》。罗摩在与魔王罗波那对战之前向难近母祈福，需要供奉一百朵莲花，但罗摩找遍全世界只找到九十九朵，遂以自己的一只眼睛代替。罗摩的眼睛代表蓝莲花。——译者注

新振作。那一天，部分是因为我说的话，部分是因为我说不出的话，我觉得自己向他表达了我的感受。他答道:“库苏姆，我因为自己的愚蠢而对你造成了损伤，我永远也无法将它弥补如初。可是我会待在你身边，尽一切所能代替你失去的视力。”

“这么做没有意义,”我说,“我不准你把自己的家变成盲人的医院。你必须再娶。”

接着我正要详细解释为什么他必须再娶，可是我突然稍微呛了一下。我还没有缓过呼吸，他就抢着脱口而出:“我可能愚蠢，可能傲慢，可是这并不表示我缺德！我亲手把你的眼睛弄瞎了，在此我向最受崇敬的黑天起誓，如果我遗弃你再娶，错上加错，就如同犯下了弑父或者杀害婆罗门的大罪！”

我不能让他立下这么可怕的誓言，我要拦住他，可是我的泪水涨满胸臆，阻塞了咽喉，最后夺眶而出，泪流满面。我没法忍住泪水，因此说不出话来。我一边听他说着这些，一边以枕头掩面，喜极而泣。我失明了，可是他不会离开我！他会把我紧拥在心口，仿佛一个悲悼的人不肯放弃自己的哀痛！我从未期盼得蒙如此恩典，但是我自私的内心却为之狂喜。

等到我一开始的阵阵泪雨结束之后，我抱住他，让他的脸靠在我胸前。我对他说:“你为什么要发下这么可怕的誓言？我要你再娶，并非为了你自己幸福。你有一个地位与我相等的妻子，对我有好处。我因为失明而无法为你做到的，我可以交给她去做。”

“家务有仆人来做,”我的丈夫说,“对我来说，你是女神，我怎么能为了自己方便而娶一名仆人，让她与你平起平坐？”他捧起我的脸，在我的额头印上了纯洁的一吻。这个吻仿佛在我的眉宇之间打开了第三只眼睛，立刻为我注入了神性。“好吧，”我想，“现在我失明了，无法在具象、外在的世界里继续当一名主妇，但是升华了，我可以当一尊女神，造福我的丈夫！不再有谎言、欺瞒，主妇命中注定的恶意与虚伪，对我而言到此结束了。”

但是那一整天我的内心都在挣扎。我深知我丈夫的恶誓将使得他不会再娶，我为此狂喜。任何事物都无法取代这种喜悦。但是我内心的女神却说：“也许什么时候，对你的丈夫来说，再娶比严守誓言更有益处。”我内心的女人答道：“的确有可能，可是他已经立下这样的誓言，就绝不能再娶了。”女神又说：“也许吧——不过你也没有理由这么高兴。”女人又答道：“我明白你的意思，可是毕竟他已经发了誓。”双方就这么你来我往。然后女神不说话了，以沉默表示反对。可怕的黑暗包围了我的整个内心。

我丈夫心中自责，不让仆人服侍我，而是自己随时陪伴在侧。一开始，我很享受自己在每一件小事上都无能为力，只能依赖他，因为这样就能让他永远在我身边。我无法用自己的眼睛看见他，所以我想让他待在身边的欲望越发强烈。从前我用双眼从他身上得到的喜悦，现在由其他感官分享——而且每一种感官都抢着索取更多。现在如果我丈夫外出工作一段时间，我就感到失落、无依，没有任何事物可以让我紧紧抓住。从前我丈夫去学校上课，如果过了时候还没回来，我就把窗户打开一点，看着外面的马路。我仿佛是用我的眼睛把我跟他所在的世界联结在一起。现在我失去了视觉，于是全身都在奋力朝向他、寻找他。我的世界与他的世界之间的重要桥梁已经坍塌。如今我与他之间是无法穿越的黑暗，我只能无助焦急地坐着，等着他从属于他的彼岸回到我的此岸。也因此，每当他必须暂时离开我哪怕一会儿，已经失明的我就会全身都渴望紧紧地攀住他，绝望地呼唤他。

但是这样的渴望与依赖是不健康的。对做丈夫的来说，即使没有失明这样的重荷，妻子就已经是一项负担。吞没一切的黑暗必须由我独自承受。我暗自立下重誓，决不以失明一事把我的丈夫拴在身边。

没过多久，我就学会用听觉、嗅觉、触觉协助我照料自己的日常生活。我甚至可以比从前更熟练地料理家务。我开始觉得，我们干活儿的时候，视觉可以给予协助，但也会使我们分神，两者不相上下。

双眼负责守望，双耳就怠惰了，听见的远比应该注意的少得多。而现在，警戒的双眼不在了，我的其他感官就开始冷静地善尽职责。我不再让我丈夫代劳，并且重拾之前我为他做的家务。

“你这样就剥夺了我弥补的机会。”我丈夫说。

“什么弥补，我可不懂。”我说，“我为什么要给自己增加短处呢？”无论他怎么说，我都让他不必继续跟在身边，恢复自由对他来说是大大松了一口气。所有男人都不应当发誓一辈子为失明的妻子服劳役。

我丈夫取得了行医资格，他带着我迁居乡间。回到农村就像是回到了我母亲身边。我在八岁时离开乡村老家去了城市，其后的十年里，在我心中，我的出生地变得如影子一般模糊。我的视力还在的时候，加尔各答把我的记忆排挤了出去。等我失去视力，我才明白加尔各答哄骗了我的眼睛，却无法充实我的心。我的眼睛看不见了，但童年的村庄在我心中亮了起来，犹如繁星璀璨的夜空。

到了露水季的第二个月[1]，我们搬到哈希姆普尔。对我来说，这是一个新的地方——我看不见这个地方是什么样的，可是它用我童年的气味与感官拥抱了我。黎明时的微风，来自新犁过的饱含露水的田地；到处弥漫的甜蜜气息，来自田里金黄色的芥菜与木豆；牧童的歌声；甚至崎岖小路上牛车的辘辘声响：这一切都令我激动。我人生初期的记忆原本已经被埋没，现在似乎又活了过来，以不可名状的声音与气味环绕着我。我失明的双眼完全不是障碍。我回到了童年——唯一无法回到我身边的只有我的母亲。我在脑海里看见外祖母在阳光下披散着稀疏的头发，在院子里晾晒一排排木豆酱[2]。可是我再也听不到她那苍老动听的声音，颤颤哼唱着本村圣徒轻快吟诵的圣诗。湿润的冬季空气里，回荡着稻谷丰收节的喧闹；可是在工棚里忙着打谷的人群中，我儿时村里的玩伴又在何处？傍晚，我听见远处有牛群归栏，我想起母亲手里提着一盏灯，正要走过去把灯放在牛栏里。潮湿草料的气味和稻草正在燃烧的烟气，进入我的内心，我仿佛听见铙钹与铜钟——来自老家水塘边的比德亚兰卡尔家族神庙。这就像是有人用筛子把我人生前八年的一切都筛过了，然后把我围裹在它最精髓的气息与风味里。

---

1 Agrahāyan，孟加拉历的月份之一，儒略历十一月中至十二月中，介于秋天与冬天之间的两个“露水月”（hemanta）的第二个。
《大唐西域记》卷二译为末伽始罗月。以下同。——译者注

2 baṛi，用木豆（pigeon-pea）的酱做成圆锥形，在太阳下晒干，然后煮食。

我还想起我幼时的虔诚：我在清晨摘花，献给湿婆。天啊，加尔各答的熙熙攘攘、喧嚣繁华，如此扭曲了人的内心！宗教失去了简单的本质。我在失明不久之后，有一位老家的朋友来访，她对我说："库苏姆，你不感到愤怒吗？如果我是你，我绝对无法忍受我丈夫出现在我眼前。"我答道："我的眼睛的确看不见他了，因此我对自己毫无用处的眼睛感到恼怒。可是我为什么要责怪他呢？"我的朋友拉班雅因为他没有及时请医生而愤怒，而且也在鼓动我为此愤怒。我向她解释，生活在这个世界上，我们的智慧和愚蠢给我们带来各种喜悦与痛苦——无论我们喜欢与否。可是如果我们在内心保持坚定的信仰，即使身处烦恼之中，也能拥有平静，否则我们就会在嗔怒争斗之中浪费一生。失明已经是重担，那么我为什么要对我的丈夫心怀怨怼，增加我的重担呢？拉班雅很不高兴从我这样的年轻女子嘴里听到如此过时的观念，很不以为然地摇摇头，告辞了。可是我得承认，人的话语里可以藏着毒药；没有一句话是完全无效的。她星星点点的怒火进入我的内心，我把这些火花踩灭，可是依然留下了一两处灼伤。这就是为什么我说加尔各答有着太多话语、太多闲言，于是人在思考的时候就很容易过于严厉，壁垒分明。

来到乡村之后，我为献给湿婆而采下夜花[1]，它们清凉的花香使

1 śiuli 或 śephālī，一种开白色小花的乔木，花茎橘红色。花季主要在秋天，夜间花开，黎明花落，在树下铺成白色花毯。据《毗湿奴往世书》，此花原本是爱上了太阳的公主帕丽加特（Parijat），遭到太阳遗弃之后，她燃烧成灰，从灰烬中生出此树。黑天将此花从天上带回大地，送给妻子艳光（Satyabhama）。

我的希望与信念苏醒过来，就像我童年时那样光明清新。我的心里与家里都充满神的灵。我低头行礼，口中说：“主上啊，我没了双眼，这是好事，因为你是我的。”

然而我大错特错。称神明“是我的”，也是虚荣。“我是你的”才是我们有资格说的话。那一天很快就要到了，到时候神会让我不得不说出那句话：到时候我什么都没有了，却必须继续挣扎；到时候我对任何人都不再拥有资格与权利，除了对我自己。

有一阵我们的生活很幸福。我丈夫成为颇受敬重的医生，收入也很体面。可是金钱并不是好东西，它会妨碍心灵。当心灵主导一切时，它自会为自己创造喜乐；可是一旦财富开始追求快乐，心灵就无事可做了。原本由心灵的喜乐主宰的地方，现在遭财物支配。我们得到的不再是幸福，而是物质。

我说不上来到底是因为哪句话或者哪件事，但可能是盲人的洞察力更敏锐，或者什么其他原因，总之我看得很清楚：随着物质财产的增加，我的丈夫变了。他年轻时曾深深关注正义与不公、对与错，现在却日益麻木。我记得他从前经常说：“我不是为了谋生而学医，而是为了努力给穷人带来福祉。”每回说起那些被请去诊治垂死病人，却坚持先收费才把脉的医生，他都嫌恶得几乎无话可说。可是我看得出来，他现在已经不再这样。有一回，一名贫妇紧紧抱住他的脚，哀求他救她的独子一命，却被他甩开。最后我说服他前去诊治，但他完全不用心。我记得很清楚，当年我们手头拮据的时候，他对于不正当的财路是何态度。如今，他在银行里存着许多钱，有个富人的秘书来找他，与他密谈了两天。我不知道他们的谈话内容，过后他跟我随意聊起别的事情，我心里有种不安，知道他在打算的不是什么好事。

我在失明前最后一次看见的丈夫，如今在哪里？他曾经在我无法视物的双眼之间轻轻一吻，让我升华成了女神，现在他怎么样了？那些突然受到强烈情感打击的人，可以借着又一次情感上的搏动而重新振作。可是那些一天天、分分秒秒从骨子里越来越冷酷的人，他们在情感上的能力逐渐被外在的成功扼杀——在我看来，这些人没有出路。

我跟我丈夫之间的视觉鸿沟本身并不算什么，可是当我明白，我现在所处的位置上并没有他，我从内心感到厌恶。我失明了——我坐在内心的一个角落，那里没有世上的光。我那年轻的爱意依然鲜活，我的虔诚依然完整，我的信任依然不可动摇。我供奉的夜花，以少女的细心谨慎安放整齐，在我人生之初就已奉献给神，这些鲜花上的露珠尚未干涸。我身处的世界荫凉清爽，永恒常新，而我的丈夫已经离开我的世界，迷失在金钱的荒漠之中！我相信的事物、我拥有的信仰、我珍视远胜尘世财宝的一切，现在都被远方的他嗤之以鼻。从前，我们之间并没有这样的鸿沟。年轻的时候，我们是在同一条路上前进，可是后来（他和我都不知道究竟发生在什么时候）我们的道路岔开了，而现在当我呼唤他，他已经距离太远，听不到了。

有时候我会想，我想得太多是不是因为我看不见。如果我看得见，就可以看到世界本来的样子。

有一天，我丈夫对我说了一样的话。那天早上，一位穆斯林老人来请他去医治他得了霍乱的孙女。我听见老人说："先生，我很穷，但是真主会赐福予你的。"我丈夫说："真主做什么都不够。你先告诉我，你能为我做什么。"我听见这话，心里想："神让我眼盲了，为何不让我也耳聋呢？"老人哀叹道："唉，真主啊！"然后就离开了。我马上让我的女仆去把他带到女眷闺房的后门，我对他说："老大爷，这些钱给你请医生为你的孙女治病。你去村里请哈里什医生——并且请你为我的丈夫祈祷吧。"

那一整天我都没有胃口。我丈夫午休起来，问我："你怎么看起来这么闷闷不乐？"我正要像平时那样回答——"没事，一切都很好"——可是作假的时候已经过了，我明白地告诉他："我想了很久，有件事要告诉你，可是我想不出该怎么说。我不知道自己能不能向你解释清楚我的感受。不过我认为你自己心里一定也知道，我们一起开始人生的时候是一体的，而现在已经分开了。"

我丈夫哈哈一笑，说："这个世界本来就在不断改变。"

"金钱、美貌、青春，都可能会改变，"我说，"可是难道没有永恒的准则吗？"

于是他的口气严肃了起来："你想想那些生活中遇上真正烦恼的妇女吧——丈夫挣不了钱，不然就是不爱她。你这是无病呻吟！"这时候我明白了，双眼失明反而为我的眼睛涂上了某种油膏，把我与这个不断变化的世界隔离开来。我与其他女人不同，而我的丈夫永远也无法了解我。

这时候，我丈夫的姑妈从她住的村庄来探望他。在我们向她行了大礼之后，她说的第一句话就是："侄媳妇[1]，你瞧瞧，你不幸眼睛失明了。我们阿比纳什有这么一个瞎老婆，该怎么打理家务？让他再婚吧！"

如果我丈夫开玩笑说，"姑妈，这是个好点子——我就让你全权做主吧"，那么我一点也不担心。但事实上，他尴尬地说："姑妈，我不明白你这是什么意思。"

"怎么了？"她答道，"我说得一点也没错。侄媳妇，怎么样？你怎么说？"

我微笑说道："您问错人了。如果您要掏某人的钱包，是不会事先征求对方同意的！"

"你这话倒是没错，"姑妈说，"阿比纳什，我建议你跟我私下商议。你同意吧？还有，侄媳妇，我告诉你，身为库林种姓[2]女孩，丈夫娶的妻子越多，你就越值得骄傲。我们阿比纳什大可不必当医生，他靠着婚姻就行，完全不必担心收入。生了重病的人落进医生手里，最后还是死路一条，而且一旦死了，医生也就没财路了。可是库林男人的妻子们命中注定不会这么死掉，而且她们活得越久，丈夫得到的利润就越多。"

过了两天，我丈夫当着我的面问他的姑姑："姑妈，您能不能

1 Baumā，对于侄甥的妻子的称呼。

2 Kulin（Kulīn），婆罗门种姓里的一支，其多妻制人尽皆知。父母把女儿嫁给库林男子，当作宗教奉献，而这些男子从嫁妆中获利。过去，法律上一直没有禁止库林的多妻制，但是由于社会情况的改变以及反对的呼声，这种制度最终在二十世纪初消失。

帮我找一个好人家出身的女人，可以像亲戚那样帮我的妻子？她看不见，如果有一个同伴陪在她身边，我就不会这么担心了。”在我刚失明的时候，这样的想法还比较有道理，可是现在我想不出有哪件家务是失明的我无法胜任的。然而我并没有反对，始终保持沉默。

“没问题，”姑妈说，“我的小叔子有个女儿，品行好，人长得美。她已经成年了，就等着有合适的姑爷。如果她能找到像你这样的库林男人，肯定马上就嫁。”

我丈夫警觉起来：“这说的哪是什么结婚的事！”

姑妈听了说：“好人家的女孩怎么可能不嫁给你就住在你家？”这话的确没错，我丈夫也想不出如何反驳。

我茕茕孑立，关锁在失明的无尽黑暗之中，呼喊神来拯救我的丈夫。

过了几天，我刚做完晨祷，姑妈就说：“侄媳妇，我之前提到的我丈夫的侄女，赫蒙格伊妮，今天从她村子里过来了。赫姆，这位是你的大姐，来向她行礼。”

这时候我丈夫出现了，他看到一位陌生女子在房间里，仿佛很惊讶似的，于是要退出去。

姑妈说：“阿比纳什，你去哪里？”

“她是谁？”他问。

“她就是我小叔子的女儿，赫蒙格伊妮。”她回答。接着我丈夫表演了一番莫须有的好奇，询问她从哪里来、谁带她来的、她的家庭背景等。我心里想：“我明白这一切都是怎么回事，所以为什么还要加上这一套假惺惺的东西呢？偷偷摸摸，遮遮掩掩，谎话连篇！如果你为了满足自己的欲望而犯错，你就去做吧——可为什么还要这样？因为是我让你沦落至此？为什么要撒谎欺骗我呢？”

我牵着赫蒙格伊妮的手，把她领进我的卧室。我轻轻抚摸她的脸庞与身体，感觉得出来她的脸很美，年纪不过十四五岁。她突然笑了起来，笑声悦耳。

“您在做什么？”她说，“您是不是在给我祈祷驱魔呀？”她单纯坦白的笑声，立刻吹散了我心上的一片乌云。

我搂住她的肩膀，说：“小妹，我在仔细看你呀。”然后我又抚摸她柔嫩的脸颊。

“看我？”她又笑了，然后说，“你得这么摸摸我，看我长得有多大，就像菜园里的茄子或者豆子吗？”

这时我才明白，赫蒙格伊妮不知道我看不见。我说：“小妹，你知道的，我的眼睛看不见。”她吃了一惊，然后严肃了起来。我想象得出来，她睁大了她那好奇、青春的双眼，正在仔细研究我的脸以及我失明的眼睛。

然后她说：“因为这样，所以你请我伯母来这里？”

“不是的，我没请她来，”我说，“是她很亲切地不请自来。”

“亲切？”她说着又笑了一阵。“她的亲切会让她在这里待上很长一段时间的。可是我父亲为什么又送我过来？”

这时候姑妈走了进来。刚才她与我丈夫谈了很久。她一走进来，赫蒙格伊妮就说：“伯母，你说，我们打算什么时候回家？”

“哟，这怎么回事，”姑妈说，“她才来这里就要走。我从来没见过这么坐不住的闺女。”

“伯母，”赫蒙格伊妮说，“我看得出来，您不急着走。您是这里的亲戚，爱待多久就待多久。可是我要走——我跟您说真话。”

然后她牵着我的胳臂，说：“大姐，您怎么说？您不算是我的亲戚。”我没说话，而是拥抱她。我看得出来，无论姑妈有多跋扈，都不是这女孩儿的对手。姑妈没流露出不悦，事实上还尽量表现得亲切和蔼，可是赫蒙格伊妮无视她。姑妈一面笑着把整件事打发过去，仿佛这只是一个娇纵女孩的玩笑，一面往外走——可是仿佛突然想起来什么，又转回来对赫蒙格伊妮说：“赫姆，跟我来，你该洗澡了。”

赫蒙格伊妮走到我身边，对我说：“大姐，咱们俩一起去河边洗吧，怎么样？”姑妈虽然不情愿让我们去，可是忍住没拦阻我们。她知道，要是跟赫蒙格伊妮起冲突，自己是赢不了的——况且当着我的面起争执也不好看。

我们俩往屋后的河边台阶走去，赫蒙格伊妮问我：“为什么你还没有孩子呢？”

我微笑着说道：“我怎么知道呢？神还没有赐给我孩子。”

“我敢说，您可能曾经犯了一些错。”赫蒙格伊妮说。

“这就只有神才知道了。”我说。

然后她下了结论：“您看我伯母，她一肚子歪主意，所以不可能养出孩子。”

关于罪孽与德行、祸福和奖惩的奥秘，我并不明白，所以也无法向她解释。我只能叹口气，在心里对神说：“只有您知道这一切！”

赫蒙格伊妮抱了抱我，笑着说：“哎呀，我的话让你叹气了！通常根本没人理我说了什么！”

我注意到，我丈夫开始忽视自己的工作。离得远的病人请他出诊，他不去；附近的病人请他去看，他总是尽快结束就回来。从前在出诊之间的空闲时间里，他都待在诊所，只有中午回来吃饭、午休。现在姑妈随时召唤他，他都亲自过去，其实毫无必要。每次我听见她喊：“赫姆，麻烦你拿我的槟榔盒来。”我就知道我丈夫在姑妈那里。

一开始的两三天，赫蒙格伊妮为她拿了槟榔盒、油碗、朱砂罐等她要的东西。可是后来赫蒙格伊妮就拒绝让步了，而是叫女仆去跑腿。有时候姑妈喊她“赫蒙格伊妮，赫姆，赫米”，她就抱住我，充满了强烈的同情，不情愿与哀伤淹没了她。现在她从不在我面前提到我丈夫，甚至一时口误也没有。

这时候，我兄长来探望我。我知道他有多么善于观察。眼下正发生的事，根本不可能瞒住他。我兄长对人的评判眼光是很严苛的。哪怕最轻微的错处，他也从不原谅。我最害怕的是他会把我丈夫视为罪犯。我试图以强颜欢笑当作烟幕弹来遮掩：我唠唠叨叨、大惊小怪，充分细致地表演了一大套。可是以我的个性来说，这一切太不自然了，也更容易被看穿。不过我兄长并没有待上多久：我丈夫心里不自在，对他表现得十分无礼，所以他就告辞了。他离开之前，手放在我的头上好一阵，他的手因为关爱而微微颤抖。我感受到了他想表达的强烈祝福，他的眼泪落在我泪水潸潸的脸颊上。

我记得，那个制呾罗月的傍晚，白天赶集的人们还在回家路上。从潮湿的风和湿润土地的气味中，可以感觉到一场暴风挟带着远方的雨，正在逼近。天色已暗的田野上，人们焦急地呼唤自己的同伴。我失明之后，独自坐在卧室里的时候从不点灯，以免衣角扫到烛火，或者发生其他意外。当时我在寂寞黑暗的房间里，坐在地板上。紧握双手，呼喊着这目不见物的世界里的神明。我说："主上，当我感受不到您的慈悲，当我不明了您的意图，除了尽全力紧紧抓住我破碎的心上的船舵，我还能怎么办呢？我的心上鲜血泉涌，然而我怎么可能控制暴风？软弱如我，还要经过多少试炼？"我一面祈祷，一面泪水滚滚而下，于是我把脸藏在被褥里，低声啜泣。那天我一整天都在做家务，而赫蒙格伊妮如影随形地跟着我，因此我一直没有机会发泄我胸中涌现的哀痛。到了傍晚，我的眼泪终于挡不住了。可就在这时候，我注意到我的床震动了一下，还有人走动的衣物窸窣声，一会儿之后，赫蒙格伊妮走过来，搂住我的脖颈，默默以自己的纱丽衣角为我拭泪。她肯定是在我之前就进了房间，可是到底是在什么时候、因为什么，我并不清楚。她一句话也没问，我也什么都没说。她那凉爽的手，慢慢抚过我的眉宇。我完全没有注意到，雷电与暴风雨是何时结束的，可是最后一股宁静终于安抚了我病热的心。

第二天赫蒙格伊妮说："伯母，也许你不想回家，可是我有仆人可以陪我回去——就这么办吧！"

"没有必要，"姑妈说，"我明天就回去了，可以一起走。赫姆，你看这个，我们阿比纳什给你带了一个珍珠戒指。"然后她得意地将戒指给赫蒙格伊妮戴上。

“伯母，你现在看好了，”赫蒙格伊妮说，“看看我准头有多好。”说着她把戒指扔出窗外，正好扔进屋后水池里。

姑妈顿时又惊又怒，紧紧抓住我的手，一再说：“侄媳妇，你千万别把这个幼稚的举动告诉阿比纳什，不然可怜的孩子会很伤心的。你要答应我呀，侄媳妇。”

“姑妈，你不用再说了，”我说，“我什么都不会告诉他的。”

到了第二天，在她们俩启程之前，赫蒙格伊妮抱住我，说：“大姐，你可别忘了我。”我以双手抚摩她的脸，然后说：“小妹，盲人永远不会忘却。我没有世界，我住在自己的心里。”我捧着她的脸，闻了闻她的头发，然后亲吻她。我的眼泪落在她的头发里。

赫蒙格伊妮走了以后，我的世界干涸了。她为我的生活带来了香气、美、音乐，还有明亮的光彩与青春的温柔。现在她走了，当我伸出手臂，还有谁在这里与我一起呢？我丈夫走过来，带着夸张的欢喜说道：“可走了！现在我们终于可以喘一口气——我也可以干点活儿了。”我多么悲惨啊！他为什么要这么装模作样呢？他以为我害怕真相吗？从过去到现在，我皱过一下眉头吗？为什么我的丈夫就不明白这一点呢？当我放弃了自己的眼睛，我不是平静地接受了永恒的黑暗吗？

在很长一段时间里，我与我丈夫之间唯一的鸿沟就是我的盲眼，可是现在出现了更进一步的歧异。我的丈夫对我不再提起赫蒙格伊妮的名字，甚至一时疏忽都没有，仿佛她已经从他的世界里完全消失了，仿佛她从来没有留下任何痕迹。可是我还是轻易看得出来，他经常写信询问她的近况。就像水塘涨满雨水的时候，睡莲浮在水面上，拉扯着水下的花茎；而他每次哪怕只有一丁点兴高采烈的迹象，我都能感觉到我的心也被拉扯着。每次他是否得到了她的消息，我都完全感受得到。可是我不能向他问起她的事。我的灵魂渴望知道她的近况，这颗明亮美好的星星，曾经生动鲜活地暂时照亮了我内心的黑暗，可是我没有权利对我丈夫说起她，即使只有一会儿也不行。在这件事上，我与我丈夫之间只有完全的沉默，充满了被压制的字句与感受。

大约在吠舍佉月[1]中的时候，女仆来问我："夫人，我看到河边台阶上正在装船——主人这是上哪儿去？"我知道这些准备工作正在进行。在我命运的天空中，暴风雨前的暂时平静已经持续了好几天。劫数的乌云原本分散四处，如今正在集结。湿婆默默伸出了手指，把他的毁灭之力全数聚集在我的头顶——我很清楚这一点。可是我对女仆说："我也不知道。我都没听说。"女仆不敢再追问，重重叹了一口气，退下了。

当天夜里很晚的时候，我丈夫来对我说："离这里很远的地方有人请我去看诊——我明天一早就得出发。可能两三天才能回来。"

我从床上起身，说："你为什么要说谎？"

他的声音无力而颤抖："我对你说什么谎了？"

"你这是要去结婚。"我说。

他沉默了。我也站着一动不动。好长一段时间，房间里没有

1 Baiśākh，孟加拉历的第一个月，儒略历四月中至五月中，孟加拉地区的夏季。

一点声音。最后我说："给我一个回答。你现在说：'对，我是要去结婚。'"

他像回声一样答道："对，我是要去结婚。"

"不对，"我说，"你去不了。我要拯救你免于极大的危难、可怕的罪孽。如果我做不了这件事，我算得上哪门子妻子？我向湿婆献上那么多祷告与供礼，是为了什么？"

房间里再次长久沉默。我瘫在地上，攀住他的脚，说道："我对你做错什么了吗？我哪里有不足？你要一个新妻子做什么？说实话，我求你。"

于是我的丈夫慢慢说道："实话就是，我惧怕你。你的双目失明，使你永远罩上了一层蒙布，我无法穿透。你就像女神，像女神一样令人生畏——我无法与你这样继续生活下去。我要一个普通的女人，我可以责骂她，我可以生她的气，我可以爱抚她，我可以装饰她。"

"你剖开我的胸膛看一看！"我说，"我是一个普通女人——在我心里，我没有别的身份，我依然是当初嫁给你的那个年轻新娘。我想要相信你，信任你，对你顶礼膜拜：不要贬低你自己，不要把我的地位抬举到你之上而给我带来痛苦！请你让我处处都居于你之下！"

我不记得自己都说了些什么。翻滚激荡的大海能听见自己的怒吼吗？我唯一记得的就是，我对他说："如果我一直以来对你真心忠诚，那么神将不会允许你破坏自己立下的正直誓言。要么是我成为寡妇，要么是在你犯下这样的大罪之前，赫蒙格伊妮失了性命！"

我说完就晕了过去。

我醒过来的时候，清晨的鸟儿还没有开始鸣叫，而我的丈夫已经走了。我把自己关进祈祷室里，向神供奉祷告。我在里面待了一整天。到了傍晚，一场吠舍佉月的暴风雨[1]开始狂扫。我向神祷告，但我说的不是“神啊，我的丈夫现在正在船上，请看顾他”，我说的是“神啊，我命中该来的都让它发生吧，但是请拯救我的丈夫免于犯下可怕的罪孽”。一整个夜晚就这样持续着，第二天白天我还在继续祈祷。我不知道是谁给了我力量，让我能够不吃不睡，撑了这么长时间。总之，我像石头一样，始终坐在石雕的神像前。

第二天傍晚，有人在房间外开始推门。房门突然打开，我又晕了过去。醒过来的时候，我听见有人喊：“大姐！”然后我发现自己正躺在赫蒙格伊妮的膝上。我转头的时候，她身上的婚服窸窣作响。神啊！您并没有垂听我的乞求！我的丈夫犯下了大罪！

赫蒙格伊妮低下头来，慢慢对我说：“大姐，我是来请你祝福我的。”

一开始我呆住了，然后我坐起来，说：“小妹，我怎么可能不祝福你呢？难道你犯了什么错？”

赫蒙格伊妮的笑声同往常一样轻快甜美。“犯错？你结婚也是犯了错吗？我结婚有什么可错的？”

我拥抱她，也笑了起来。我心中对自己说：“我的祈祷是否能够实现？神的旨意岂非至高无上？如果打击必将落下，请落在我头

1 Kāl-baiśākhī，夏季吠舍佉月的下午发生的强风，经常带来短暂的暴风雨。

上，可是我不会让它落在我心中珍藏着信念与宗教的地方。我不会动摇。”赫蒙格伊妮弯下身，对我行了拂去脚上灰土的大礼。我对她说：“愿你永远蒙福，永远快乐。”

“我要的还不只是你的祝福，”她说，“我要你以那纯洁的怀抱欢迎我与我的丈夫。你千万不要因为怕羞而不敢见他。如果你允许的话，我就把他带过来。”

“带他来。”我说。

不一会儿，我听见房间里出现另一个人的脚步声，还听见了那句慈爱的问候：“库苏姆，你好吗？”

我赶忙从床上站起来，跌跌撞撞地走过去行礼，喊道：“大哥！”

“你为什么叫他大哥？”赫蒙格伊妮说，“别开玩笑啦！他是你的妹夫[1]！”

我全都明白了。我的兄长原本立誓不娶。我们的母亲已经去世，所以没有人能强迫他结婚。而他现在结婚是为了我。我的泪水忍不住潸潸而下。兄长温柔地抚摩我的头发，赫蒙格伊妮拥抱着我，又笑了起来。

那一夜我无法入睡。我一颗心怦怦狂跳，等着我丈夫回家。他要如何掩饰自己的羞惭与愤愤呢？

夜里很晚的时候，门慢慢开了。我猛然坐起来。这是我丈夫的脚步。我的心怦然作响。他走过来坐在床上，握着我的手，说：“你

1　bhagnīpati，姐妹的丈夫。因为这两位女子情同姐妹，对库苏姆来说，赫蒙格伊妮的丈夫应该是妹夫，而非大哥（Dādā）。

兄长救了我。当时我已陷入疯狂，离毁灭不远了。我上船的时候，只有神知道我胸上的大石有多么沉重。我们在河上遭遇风暴，我担心自己性命不保，暗自想：‘如果我溺死，就得免罪孽了。’等我到了马图尔甘杰，得知你兄长与赫蒙格伊妮已经在前一天成婚。我回到船上，心中的羞惭无法形容，同时却也感到喜悦。这几天我已经明白，抛弃你是不可能让我得到幸福的。你是我的女神。”

我微笑着说道：“不要，我不要当女神。我是为你管家的人——一个普通女人。”

“我也有一个要求，”我丈夫说，“以后不要再称呼我为神，这让我很不好意思。”

第二天，我们周围四邻响彻欢呼与螺号[1]。赫蒙格伊妮开始毫不留情地拿我丈夫开玩笑，从早到晚，无论在用餐还是休息，把他戏弄得应接不暇。可是没有人提起之前发生的事，也没有人暗示他曾经去了什么地方。

1　迎接新娘入宅的礼仪。

饥饿的石头

THE HUNGRY STONES

在敬神祭典期间，我与一位相信神智学[1]的亲戚到乡间旅游，在回加尔各答的火车上，遇见了一名男子。他是一位孟加拉绅士，不过衣着一开始让我们以为他是来自北印度的穆斯林，而他的谈话内容更令人意外。他谈起每个话题都充满威信，以至于可能有人会以为他是神明的私人顾问。我们一直很满足于现状，对秘密进行的事物浑然不觉，比如俄罗斯人进步了多少，英国人正在密谋什么，印度各土邦又有哪些上不得台面的诡计。不过最后这位消息灵通人士微微一笑，说道："赫瑞修[2]，天地之间发生的事情，比报纸上报道的更多。"那是我们第一次离家，所以这个人的整体风格令我们耳目一新。他可以一下从科学跳跃到吠陀，再到背诵波斯诗歌对句。

---

1 theosophy，一种宗教哲学或神秘主义学说。

2 这句话引自莎士比亚的《哈姆雷特》，是哈姆雷特对挚友赫瑞修说的一句话，此处略有改动。原文是：There are more things in heaven and earth, Horatio, than are dreamt of in your philosophy.（1.5.167–168）。

我们自己没有这么精通，因此越来越佩服他。甚至我的神智论者亲戚认为此人四周有超自然的光环——一种陌生的磁场，一种神圣的力量，一个星体魂灵，诸如此类。他凝神细听此人说的每一件小事，甚至偷偷做笔记。我怀疑这位陌生的旅伴也注意到了，而且感到相当受用。

火车抵达某个交会点，我们下了车，坐在候车室里等待转车。当时是夜里十点多，我们听说这条线上发生了点事情，火车严重误点。我决定在桌上摊开自己的铺盖，稍微睡一会儿，可是这时此人开始讲述以下这个故事。那一夜我根本没有睡着……

“我原本受雇于朱纳格特土邦，但是由于在政策上看法有些歧异，我离开当地，去了海得拉巴邦，为大君服务。那时我年轻力壮，所以首先被派到巴里奇[1]收取棉花税。

“巴里奇这地方极为罗曼蒂克。这里的舒斯塔河（源自梵语svacchatoyā[2]）流经荒凉山脚下的广大森林，蜿蜒河床满布卵石，水流越过大石，就像纯熟的舞者轻盈跳跃。河边有一百五十级陡峭石阶，通往山脚高岩上的一座白色大理石宫殿。附近没有其他建筑。巴里奇村及棉花市场距离这里还远。

“大约二百五十年前，沙阿穆罕默德二世建了这座宫殿，作为私人游乐的行宫。当时，这里的浴场有玫瑰花香的喷泉，年轻的波

1　巴里奇这个地方以及相关的人物故事是泰戈尔虚构的。

2　意为“清水”。

斯妃嫔与外界隔绝，坐在清凉的大理石上，披散着长发洗浴，柔软赤裸的双足浸在纯净的水池里，她们一面弹奏着膝上的锡塔琴，一面吟唱波斯加扎勒诗句，把葡萄美酒赞颂。如今不再有喷泉淙淙，不再有歌声响起，不再有皎洁双足落在白色岩石上。这宏伟空荡的宫殿不再有人居住，只有一个孤身的税吏。但是这个老税吏卡里姆汗一再嘱咐我，不要住进去。‘如果你非去不可，那就白天去，’他说，‘可是千万别过夜。’我嗤之以鼻。仆人们也只愿意在那里工作到黄昏，不愿意过夜。我说：‘随你们便吧。’这座宫殿恶名在外，连小偷都不敢在夜里光顾。

“一开始，这座宫殿的荒凉让我感到压抑，仿佛胸上压着一块大石。我尽量离那里远一点，总是不停工作，筋疲力尽后回到我的房间就寝。不过几个星期之后，它开始散发出一种奇特的吸引力。我很难描述当时的心态，也很难让别人理解。那整座建筑仿佛活了过来，它正在把我吸进去，它那强大的胃酸正在把我慢慢消化。可能在我第一次走进去的那一刻，它就开始起作用了。不过我仍清楚记得，我头一回感受到它的威力的那一天。

“那是在初夏，棉花市场交易不多，我也没有工作可做。我在石阶底下的河边，坐在一把舒服的椅子里，当时接近日落时分。舒斯塔河正在枯水期，对岸的许多沙洲在下午看来呈润红色。我这边的石阶底下，清浅河水里卵石粼粼发光。没有一丝风，山边林地里的野生罗勒、薄荷、茴香的气味使得空气沉闷。

“太阳落到山崖后方，投下了长长的影子，仿佛突然拉起的幕布，宣告白日的剧场已经结束。这是在山沟里，所以没有真正的黄昏，没有光与暗互相交融。我正要上马离开，这时听见身后台阶上传来脚步声。我转过身——没有人。

“我想是我听错了，于是又在椅子上坐了下来；而现在能听见更多脚步，仿佛有一群人一起冲下台阶。些微惧意与古怪的喜悦，充满了我的全身。虽然我眼前没有实体，可是我清晰感受到，有一群欢快的女子，在这夏日傍晚跑下石阶，到舒斯塔河中沐浴。

“这个傍晚，在河边的寂静山坡上，在空荡的宫殿里，实际上都没有声音。但是我依然能听见她们经过我身边，彼此追逐奔跑，欢乐的笑声仿佛泉水叮咚。她们似乎没注意到我。对她们来说，我是隐形的，反之亦然。河水也和之前一样平静，可是我清楚感觉到，戴着琤琮手环的手臂正在拨弄那清浅水流，朋友们彼此泼水笑闹，游泳的人踢起阵阵水花，如珍珠遍撒。

“我感到胸中一阵战栗，我无法分辨这是出于恐惧、喜悦，还是出于好奇。我渴望看见周围正在发生的事，可是我眼前什么也没有。我觉得要是我拉长了耳朵去听，就能听见正在说的是什么。可是当我真的努力去听的时候，我只听到蟋蟀的叫声！我感觉自己眼前挂着一幅有二百五十年历史的黑色幕布，要是我能掀起一角觑看，就能看到光辉灿烂的王家场面！可事实上，在这一片漆黑之中，什么也看不见。

“突然一阵疾风打破闷热的空气，平静的舒斯塔河摇荡，犹如水妖的发丝，整座幽暗的森林开始骚动，犹如从噩梦中醒来。不知道这到底是不是梦，然而来自二百五十年前那个世界的绚丽风光，一瞬间就消失了。那些踩着无形脚步、响着无声笑语，从我身边擦肩而过、跳进舒斯塔河的神奇女子，并没有一面扭干衣服，一面回头走上石阶。她们被一阵突如其来的春风吹散了，仿佛只是一股清香。

“是不是那毁灭性的诗歌女神发现我孤身一人，于是降临在我肩头？是不是因为我成了这么一个孜孜矻矻收税的奴隶，她前来予我以痛击？我觉得我最好还是吃饭吧，空着肚子会摧残健康。我把厨子叫来，吩咐他做了一顿丰盛的北印度莫卧儿菜肴，用的都是油汪汪的酥油。

“到了第二天早上，这整件事就显得很无稽了。我活力充沛，忙得团团转，像英国绅士一样戴着游猎头盔，自己驾着小马车，到处执行例行的公务。我还得写一篇季度报告，所以打算在办公室里待到晚上。然而一到黄昏，我发现自己又被吸引着想去宫殿。我不知道是谁在吸引我，可是又觉得不该耽搁。我感到有人在期待着我，于是放下没写完的报告，又戴上头盔，回到岩石包围的那所高大宫殿。小马车的车轮，在荒弃的阴暗小径上辘辘前进。

“石阶顶上那座大厅雄伟宽广。三排立柱支撑起富丽的巨大穹顶。里面一片空荡，随时萦回着声响。现在天色已暗，可是没有点起油灯。我推开门，走进大厅，感到一股极大的震荡，仿佛一场陛见正好结束，散场的人们穿过门户、窗子、房间、走廊和阳台。我呆立在原处，什么也看不见，浑身战栗，全身毛骨悚然。我突然闻到了年代久远的洗浴露与香水的萦绕气息。我站在立柱之间，一片朦胧，我听见四周的声音：喷泉冲刷着石面，锡塔琴的琴声飘扬（但我不知道是什么曲子），黄金饰品铮铮，踝链叮当，报时的大锣正在敲响，远处有唢呐奏出缓慢的阿拉普曲调[1]，水晶吊灯在微风中摇曳，琤琮作响，游廊上一只笼中夜莺唱着歌，园中驯养的鹤鸟鸣啼。这一切结合在一起，谱出了死者的音乐。我动弹不得，我觉得这个无法捉摸、虚无缥缈的场面，是世上唯一真实存在的事物，其他一切只是幻影。我真的是专职收取棉花税、每月挣四百五十卢比的某某阁下，已故的某某先生的长子？我真的穿戴着短上衣、游猎盔，驾着小马车上办公室？这一切如此可笑、荒唐、虚假，我站在这黑暗宽广的大厅里，猛然哈哈大笑。

“然后我的穆斯林仆人提着一盏煤油灯进来了。我不知道他是不是以为我疯了，不过我突然想起来，我的确是那位某某阁下，已故的某某先生的长子。伟大的诗人与艺术家可能会说，在这个世界上或者世界以外的某处，无实体的喷泉永远潺潺涓涓，看不见的手指在神秘的锡塔琴上拨动出无尽的拉格曲调。但有件事肯定是真的，那就是我在巴里奇棉花市场收税，一个月挣四百五十卢比！当我坐在油灯照亮的野营桌旁读报纸的时候，回想刚才那段奇特的幻觉，我狂笑了起来。

“我读完报纸，吃了我的莫卧儿晚餐，吹熄了灯，在位于角落的小卧室里躺了下来。我面对敞开的窗户，可以看到林木幽深的阿拉里山上空有一颗明星，正从千百万英里[2]外俯瞰着这位可敬的税吏阁下，他正躺在这张让人浑身起疹子的行军床上。我回想这奇

1 ālāp，拉格曲调的一种开场曲式，曲调缓慢，具有冥想风格，由一位歌者或演奏者单独表演，没有节奏乐器伴奏。

2 1英里约等于1.6千米。——编者注

妙荒唐的一切，不知何时睡着了，也不知睡了多久。可是我突然惊醒，并非房间里有什么声响，或者我看见了什么人。那颗明星已经落在黑暗的山影后头，新月淡淡照进窗户，仿佛不敢进来。我没看见任何人，可又似乎感觉到有人轻轻推我。我坐起身，对方什么也没说，可是一只戴满戒指的手稳稳推着我往前走。

“我小心站起来。那座宫殿里有着几百个空荡荡的房间，除了我没有第二个人，所有声响都在沉睡，只有回声清醒着，可是我依然很谨慎，担心吵醒什么人。宫殿里大部分房间是锁上的，之前我也从来没进去过。我无法辨认自己在这天夜里走的是哪条路线，还有去了哪里，只是跟着这位焦急的隐形向导、那无声的脚步与屏住的呼吸！我不记得当时走过的那些狭窄黑暗的通道、长长的游廊、庄严高敞的接见大厅和密不通风的阴暗小室。

“虽然我没法用双眼看见我的向导，但是我脑海中有她的相貌。她是阿拉伯人，宽大衣袖里露出来的手犹如白色大理石，结实无瑕。她的头饰上垂下一片轻薄的面纱，她的腰间系着一把弯刀。这仿佛是从《一千零一夜》里飘来的一夜，我觉得自己正走在沉睡的巴格达，穿过没有点灯的狭窄小巷，去赴一场危险的约会。

“终于，我的向导停在一幅深蓝色的布幔前，似乎正指着布幔底下的什么东西。那里什么也没有，可是我吓得胸中的血液都凝固了。布幔前坐着一名可怕的黑人阉人，出鞘的长剑搁在膝头，正伸着两腿打盹。我的向导蹑手蹑脚地跨过他的腿，掀起布幔一角。布幔后是一个铺着波斯地毯的房间，我看不见是谁坐在躺椅上。不过我看见一双脚懒洋洋地搁在一只粉红丝绒脚凳上，脚上穿着织锦拖

鞋，从颜色橙红似番红花的宽大裤脚里露出来。旁边地上有一只蓝色的水晶碗，盛着苹果、香梨、柳橙、葡萄，旁边有两只小酒杯与玻璃酒瓶，里面装着金色的葡萄酒，已经准备好待客。从那房间里，飘出一股醉人的陌生熏香，迷住了我。

“我正要鼓起勇气跨过那名阉人的腿，他突然醒了过来，他的长剑铿锵一声落在地上。不知何处响起可怕的叫喊，然后我发现我坐在自己的行军床上，浑身冷汗。现在是黎明了，微弱的月光仿佛失眠的病人一般苍白，此地的一个疯子，梅赫尔阿里正像平时那样，走在清晨空荡的街道上，喊道:“回避，回避！”

“我的第一个阿拉伯之夜就这样结束了，但还有一千个夜晚随之而来。我的白天与黑夜之间的分野越来越明显。白天里我精疲力竭，到处工作，心里暗自诅咒那充满了空虚幻梦的夜晚；可是到了晚上，显得琐碎、虚假、荒谬的却是我那遭到工作束缚的生活。在夜晚，我活在恍惚沉醉的迷宫里。我有了一个陌生的化身，他隐藏在数百年前不曾写下的历史中。我那套英国式短外套与紧窄长裤，对这个人来说完全不合身。

“于是，我非常仔细地穿上传统的宽松上衣长裤、花朵图案的长外衣和丝织长外套；戴上红丝绒土耳其无边毡帽；我在手帕上洒上玫瑰香水；我不再抽香烟，改抽一管巨大的水烟筒，长长的烟管盘成许多圈，烟筒里装着玫瑰水；我坐在一把加了坐垫的波斯式宽大扶手椅上，仿佛在等待一场盛大而浪漫的约会。然而当夜色渐浓，一件我无法描述的怪事发生了，仿佛从一篇精彩绝伦的故事里撕下了几页，又被骤然的春风吹散在这广大宫殿里的许多房间。这些情节目前还无法通读，但是距离结尾还很远。我的夜晚就是从这个房间游荡到下一个房间，追逐着这些纷飞的残页。

“在这些破碎纷乱的梦里，在一缕指甲花花香、两三声锡塔琴琴音、含着泼洒的花水的香风中，我不时瞥见一位美丽女子，就像望见一瞬间明晃晃的闪电。她穿着一套番红花颜色的宽松上衣与长裤，柔嫩粉红的脚上趿着鞋尖弯弯的织锦拖鞋，一件绣花富丽的马甲紧紧裹住她的胸脯，头上是一顶红色小帽，金色流苏衬托着她的额头与脸蛋。她使我疯狂。每一夜，我在最深的梦里，在那错综复杂的幻想国度中，游荡在街巷与居所，把她寻觅。

“有时候在傍晚，我在一面大镜子两边各点上一盏灯，然后像王子一样仔细打扮自己。镜中我的倒影旁，会突然出现那位波斯女子的幽影。她转过脸来，深黑色的眼睛看着我，充满了狂炽忧郁的热情，润泽美丽的唇边有着未说出口的三言两语。然后她丰满的身子灵巧旋跳，舞出轻快优美的一支舞，最后消失在镜中——笑容、凝望、首饰、痛苦、渴求、困惑，闪现犹如一团火花——接着一阵挟带着森林暴雨气味的狂风吹熄了我的两盏灯。于是我在更衣室隔壁脱去衣装，放松躺在床上，闭上双眼，愉悦得浑身发颤。四周包围着我的空气中，洋溢着来自阿拉里山的各种香气，充满了亲吻与爱抚；隐秘沉默的黑暗里，仿佛满是柔嫩双手的抚触。我感到耳边有喃喃低语，额上有芳香的吐息，精致芬芳的面纱一角轻轻扫过我的脸颊。如蛇一般的、销魂的纠缠似乎把我抓得更紧，直到我疲乏无力，沉沉叹了一口气，陷入熟睡。

“一天下午，我决定骑马外出——有人告诉我别去，现在我不记得是谁了，但是我坚持出门。我的英国绅士外套与帽子挂在木头衣架上，我拿起来正要穿戴上，突然一阵强烈的旋风，刮起舒斯塔河边的沙与阿拉里山的枯叶，扫走了我手上的衣帽。一阵可爱的笑声，奏出每一个欢乐的音符，随着风在石阶上越飞越高，到了夕阳落山的位置上，打着旋飞走了。

“结果那天我没有骑马外出，而且我不再穿戴如此遭到揶揄的英国式外套与帽子。那天晚上我坐在床上，听见有人在呻吟哭叫：就在床底下，地板下头，在宫殿的岩石地基里，有一座黑暗的墓穴，里面有人哭喊：‘放我出来。那些徒劳的幻想、沉沉的睡眠、残酷的幻觉，砸开这一切的大门；把我扶上你的马，拥抱在你胸前，带着我穿越森林，攀过高山，蹚过河水，去到你在阳光下的住所吧！’

“我是什么人？我要怎么拯救她！从梦境纷纷的旋涡里，我该把哪一个美好的溺水的欲望对象拖上岸？神圣的美人，你曾经住在何处，存在于何时？你出生于哪一泓清凉的泉水边，哪一处棕榈荫下？属于哪一支沙漠民族？你从母亲膝下遭贝都因强盗掳走，仿佛从荒野藤蔓上被摘下的花，你被放在疾驰如电的马背上，越过炽热的黄沙，被带往哪处奴隶市场出售？哪一个王家仆从仔细审视你那盛放羞涩的容貌，掏出一枚枚古印度金币把你买下，带着你漂洋过海，再放进黄金銮轿，把你送进主人的后宫？你在那里又发生了什么故事？

“在萨朗吉[1]琴音、踝链叮当、隐含痛苦的晶莹美酒之中，是否潜伏着匕首的刀光、毒药的撕咬、残忍而隐蔽的窥探？无尽的财

1 sāraṅgī，北印度的一种弓弦乐器，被称为“印度的小提琴”。

富，永恒的禁锢！两名女仆在你左右服侍，拂尘轻挥，钻石手环闪闪发光！缀着珠宝的拖鞋套在你白皙的双足上，多少国王与王子拜倒在你脚下！门口有一名黑人，仿佛地狱的信使，却穿着天堂的服饰，手中是出鞘的长剑，危立防守！这财富如流水一般，晶莹得可怕，充满着密谋，嫉妒掀起浪花，鲜血玷污了它。而你这朵沙漠之花啊，随着这流水漂荡，最后是不幸惨死，还是去了一处更堂皇、更可鄙的地方？

“突然，疯子梅赫尔阿里大喊：‘回避！回避！一切都是虚妄！一切都是虚妄！’我看见此时已是黎明。侍役正在把邮件送进来，厨子正在向我问安，请示今天该做什么菜。‘不行，’我说，‘我不能继续待在这座宫殿里了。’当天我就把所有东西都搬到办公室。老职员卡里姆汗见了我，微微一笑。他的笑令我感觉不快，于是我什么也没对他说，直接开始工作。

“这一天时间慢慢过去，我逐渐分神了。我想：无论到什么地方去又怎么样？核定税额这件事没什么意思，大君与他的政府也没有意义；围绕着我来来去去、发生的每一件事都是如此糟心丧气，毫无价值，毫无意义！

“我丢开手中的笔，啪的一声合上账本，很快坐上我的小马车。它似乎自动带着我去了宫殿，到达的时候正是薄暮。我急忙攀上台阶，走了进去。

“今天这里的一切都是静止的。昏暗的房间似乎死气沉沉。痛悔涨满了我的心，可是我无处诉说，无人听我乞求原谅。我在这些昏暗的房间里茫然穿行。我希望能找到一件乐器，唱一首歌给某个人听。我要唱：‘火焰啊，试图逃避你的飞蛾已回来赴死。怜悯它吧，把它的双翅点燃，让它干萎成灰。’突然有两滴泪珠从上空落在我的额前。那一天层云笼罩着阿拉里山，幽深的森林与漆黑的舒斯塔河仿佛因恐惧而静止瘫痪。可是现在，河水、大地、天空震颤，暴风雨闪着獠牙般的电光，穿过远方无人的森林，咆哮号叫，猛然扑来。宫殿的房门砰的一声关起，宽敞空洞的房间里，隆隆响彻绝望的音符。

“仆人都在办公室，这里没有人来点上油灯。我隐约感觉到，在这乌云密布、没有月光的夜晚，在这房间里如墨玉般的黑暗中，有一名女子，脸朝下倒在床尾的地毯上，攥紧的双手撕扯着自己蓬乱的长发，苍白的额头上鲜血滚滚而下。有时候她激动狂笑，有时候她猛烈啜泣。她已经撕下身上那件紧身马甲，捶打着自己赤裸的胸脯。怒吼的风穿过窗户，挟带进大雨，让她全身湿透。

“暴风雨持续了一整晚，那哭泣也是一样。我不断游走在这些漆黑的房间里，心中满是徒劳的懊悔。每个地方都没有人，没有人来让我安慰。如此痛苦的那个人是谁？这无法抚平的悲痛从何而来？

“那个疯子又在喊：‘回避！回避！一切都是虚妄！一切都是虚妄！’我看见此时已是黎明，即使在这样风雨交加的天气里，梅赫尔阿里依然绕着宫殿，呼喊他一向的话语。我在想，梅赫尔阿里是否也一度住在这宫殿里。固然他现在是疯了，住在外头，但是这如怪兽般巨大、如岩石般冷酷的诱惑，依旧日日吸引着他，于是每一天清晨他都来绕着它步行。我马上冒雨跑到他面前，问他：‘梅赫尔阿里，虚妄的是什么？’

“他没有回答，只是推开我，仿佛一只盘旋的鸟，被一条巨蛇

的目光蛊惑，继续绕着宫殿喊叫、游荡，继续一遍又一遍，用尽全身力气警告自己：‘回避！回避！一切都是虚妄！’

“我像中了邪似的，冒着风雨冲回办公室。我叫来卡里姆汗，问他：‘你告诉我，这一切都是怎么回事。’

“他告诉我的故事大致是这样的：很久以前，不知餍足的欲望、狂放恣意的行乐，使得这座宫殿扰攘不宁。这些狂烈的情感、无谓的渴求，诅咒了这个地方。如今每一块岩石都是饥饿的、干渴的，像吸血鬼一样，争抢着吞噬每一个接近的人。在宫殿待了超过三个夜晚的所有人里，只有梅赫尔阿里活着回来，但是失去了神智。直到现在，没有人能够逃出它的掌心。

“我问他：‘那么我就无路可逃了吗？’

“老人说：‘只有一个方法，而且非常难。我可以把这个方法告诉你，可是我要先跟你说一个古老的故事——关于一个曾经住在宫殿里的波斯女奴。这是最奇异也最悲伤的故事。’”

这个时候，车站的小工过来告诉我们火车要来了。这么快吗？我们收拾起铺盖，火车就到了。一个睡眼惺忪的英国人，从头等包厢的一扇窗户探出头来看站名。“嗨！”他认出这位说故事的先生，大喊着招呼他，让他上了自己的车厢。我们俩上了二等车厢。我们始终没打听到这位先生的身份，也始终不知道这个故事的结尾。

我说：“此君拿我们当傻瓜耍了一道。这些都是他编出来的。”这位相信神智学的亲戚不同意。于是我们两人的争论导致了不和，至今都没有恢复如初。

生与死

THE LIVING AND THE DEAD

1

有一位寡妇，与贵族地主色拉达尚卡尔一家，住在拉尼哈特地方那栋大宅里。她在世上已经没有血亲，他们都已去世。她在夫家也没有自己的亲人，没有丈夫，没有儿子。不过有个小男孩，是她夫家兄长的儿子，最受她宠爱。小男孩出生后，他的母亲病了很长一段时间，所以是由他的卡丹比妮婶婶照顾。每个人在抚养别人的儿子的时候，都会格外奉献心力，因为没有法律上的权利，没有社会公认的名义，唯有感情的纽带羁绊。感情无法以法律文件证明，也无须证明。感情能做的就是加倍浓烈的爱，因为它拥有的一切都是如此渺茫易变。

卡丹比妮将身为寡妇无法抒发的爱，倾注在这个小孩身上，直到某个雨季室罗伐拏月的晚上，她突然死了。不知怎么回事，她的心跳停止了。在其他地方，时间继续往前走；唯有她，这颗小小的、温柔慈爱的心脏里，嘀嗒的时钟戛然而止。为了避免走漏消息，引起警察注意，她的遗体很快由这家的四个婆罗门雇工送去火化。

拉尼哈特的火化场离居民区很远。那里有一口水池，旁边有一座茅屋，茅屋附近是一棵占地甚广的榕树，除此之外，那片开阔的平原上就什么也没有了。从前有条河流经这里，干涸的河床后来经过挖掘，形成现在的水池。现在当地人把水池当作圣泉。这四个雇工把遗体放在茅屋里，然后坐下等待火化使用的木柴送到。他们等了好一会儿，开始不耐烦了。于是尼托伊与古鲁恰兰二人暂时离开，去看看为什么木柴还没来，而比杜与巴纳马旦则继续坐着看守遗体。

这是一个黑暗的雨季夜。一块块雨云硕大阴沉，天上看不见一颗星。这两人坐在漆黑的茅屋里，闷不作声。其中一人有火柴和一根蜡烛，裹在披肩里。可是这里水汽太重，他们点不着火柴，连带来的那盏灯笼也熄灭了。他俩一声不吭，坐了很久，然后其中一个说："兄弟，要是现在能抽口烟就好了。咱们赶着来，都忘了。"

"我可以跑去拿点回来。"另一个说，"要不了一分钟。"

"那可太好了！"比杜知道他打的什么主意，"那么，我就自己一个人待这儿？"

于是这两人又沉默了。五分钟感觉像是一小时。他们在心里暗自咒骂那两个去追查木柴下落的人，现在肯定还在什么地方舒舒服服坐着，聊天抽烟。他们很快就深信不疑，真相就是这样，没错。四周没有一点动静，只有蟋蟀一声一声的窸窣，还有水池旁的蛙鸣。突然，灵床似乎颤了一颤，仿佛上面躺着的遗体翻了个身。比杜与巴纳马里浑身发抖，喃喃念着祷文。紧接着，他们听见一声长长的叹息，于是马上拔足而起，朝着村庄飞奔。

他们跑了二三里路，遇见提着灯笼往回走的同伴。那两人的确抽了口烟，而且什么木柴的下落也没找着，却还是声称那些木头正砍着呢，没有多久就来了。然后比杜与巴纳马里说了刚才在茅屋里发生的事。尼托伊和古鲁恰兰不当回事，说这只是胡扯，并且严厉指责他俩开小差。

他们四个很快回到火化场的茅屋。他们走进去的时候，发现遗体已经不见了，灵床是空的。他们面面相觑。难道被豺狼叼跑了？可是本来覆盖着遗体的衣物都还在。他们在屋外搜了一阵，发现门口一摊泥上，有一些新鲜的、小小的、女人的脚印。

色拉达尚卡尔老爷可不是傻瓜，要是给他讲这么一个鬼故事，他们落不了好。这四人商量了很久，最后决定，最好的方法就是说火化已经完成了。

天快亮的时候，木柴终于送来了。他们告诉来人，由于耽搁了时间，就用了茅屋里原有的木柴进行火化。对方也毫不起疑。毕竟遗体并不值钱，有谁会偷呢？

2

大家都知道，外表并无生气的躯体里，可能藏有蛰伏的生命，迟早能让这具躯体起死回生。卡丹比妮并没死，只是不知怎的，她的生命机能暂时停止了，就这么回事。

她醒过来，看见周围暗沉沉。她明白，自己躺着的这个地方不是平时的卧室。她立刻喊了一声“大嫂”，可是漆黑的房间里没有人回答。她一激灵坐了起来，记起自己临终的时刻：突然胸痛，喘不上气。当时她的大嫂正跪坐在屋里一角，用炉子为小儿子热牛奶。她站不住，猛然倒在床上，倒抽着气，喊道："大嫂，把小家伙带过来——我觉得我快死了。"接着一切都黑了下去，仿佛一整瓶墨水倒在字纸上。卡丹比妮的所有记忆与意识，以及记载着她的生命之书的所有字迹，从那一刻起再也无法辨认。她不知道自己的侄子有没有用他可爱温柔的声音最后叫一次"婶婶"，也不知道自己有没有得到饱含爱意的最后一餐供品，好让她有体力离开自己所知的这个世界，走上陌生而漫长的死亡长路。

她的第一个感受就是，死的国度必定是完全黑暗荒凉的。在那里看不见任何东西，听不见任何声音，无事可做，只能永远清醒、枯坐、等待。她突然感到一股夹着雨的冷风，从一道敞开的门吹了进来，她还听见雨季青蛙的叫声。于是她对雨季的记忆——从儿时起，贯穿了她短暂的一生——此时浮现在脑海。她再次感受到这个世界的痕迹。一道闪电划过，水池、榕树、广大的平原与远方的树影，一瞬间在她眼前亮了起来。她想起来，在神圣的节日里，自己曾经在这座水池里沐浴；她记得，目睹火化场上那些亡者的遗体，曾经令她感觉死亡是多么令人敬畏。

霎时，她有了应该回家去的念头。可是她又想："我不是活人，他们不会让我回去的。这是对他们的诅咒。我已经从活人的世界里被流放了——我是孤魂。"如果不是因为这样，她怎么会在死寂的夜里，从色拉达尚卡尔大宅里安适的内室来到偏僻的火化场呢？不过，如果她的葬礼还没完成，那么那些应该为她举行火化的人都到哪里去了？她记起，自己临死的一刻还在灯火通明的色拉达尚卡尔大宅里；而现在，她发现自己孤身在这遥远的空寂黑暗的火化场上，她又对自己说了一遍：“我不再属于人世。我带来邪恶，令人恐惧。我是孤魂。”

她领悟了这一点，于是所有束缚与规矩似乎应声而解。她仿佛拥有不可思议的威力、无边的自由，可以随心所欲，去自己想去的地方，做自己想做的事。这种感觉猛然迸发，她像疯了一样冲出茅屋，犹如一阵狂风，往外奔向那片黑暗的火化场，心中没有一点难为情、恐惧，或者犹豫。

她走得越远，双腿就越发疲累起来，逐渐没了体力。这片平原无边无际，到处是水田与及膝的水塘。天色渐渐破晓，已经可以看见村落的竹林，还有一两只鸟啼叫。现在她非常害怕，她不知道自己在这个世界上属于什么位置，不知道自己与活人的关系该是如何。在广阔的平原上，在火化场上，在雨季夜的黑暗里，她待了那么长的时间，无所畏惧，仿佛那就是她的国度。天光与人居才令她恐惧。人怕鬼，而鬼也怕人；人与鬼是两个不相干的族类，分别住在死亡之河的两岸，彼此相背。

3

昨夜卡丹比妮像疯子一样游荡，衣裳满是泥渍，神态古怪，任谁见到了都会害怕，顽童甚至可能转身就跑，从远处朝着她丢石头。幸运的是，第一个见到她这副模样的路人是一位绅士。

“大婶，”他说着朝她走过来，“你看起来是好人家出身，你这是到哪里去？怎么这样一个人上路？”起先卡丹比妮没回答，只是盯着他，眼神空洞。她根本精神恍惚。这一切——她一个人抛头露面，她看起来出身良好，一位路人向她问话——所有这一切，都在她的理解范围之外。

这位先生又说：“大婶，跟我来，我送你回家。告诉我你住在哪里。”

卡丹比妮开始思考。她无法想象自己回到亡夫兄长的大宅，她也没有娘家可回；然后她想起童年好友约格玛亚。虽然她俩从儿时之后就没再见面，不过间或通信。她俩之间偶尔有一种充满爱意的竞争心理，因为卡丹比妮强调自己是这世上最爱约格玛亚的人，而约格玛亚则说，对于自己的感情，卡丹比妮的回应远远不够。可是她俩都相信，对方不会放弃任何再见的机会。“我要去什里波蒂恰兰老爷的宅邸，在尼欣达普尔。”

这位先生正要去加尔各答。尼欣达普尔距离这里颇远，但是顺路。于是他亲自将卡丹比妮送到什里波蒂恰兰老爷的宅邸。

两位好友一开始认不出对方，不过接着看出与童年容貌的依稀相似之处，眼睛马上亮了起来。“啊，真没想到，”约格玛亚说，“我实在是没想到能再见到你。不过，你怎么来了？你的大伯子把你赶出来了？”

一开始，卡丹比妮没开口，然后她说：“好姐姐，别问我大伯子他们的事了。给我一个屋角待着吧，我当仆人，我为你干活。”

“你哪来的主意啊！”约格玛亚说，“你怎么能当仆人？你是我的朋友，你就像——”如此这般说了许多。然后什里波蒂老爷进来了。卡丹比妮看了他一会儿，慢慢走了出去，既没有遮住自己的头，也没有任何回避或者尊敬的表示。约格玛亚担心他感到冒犯，于是代她道歉。不过什里波蒂不需要什么解释，很快就接受了约格玛亚的理由，这让约格玛亚感到不自在。

卡丹比妮住进了约格玛亚的宅邸，但是无法与她亲近，因为死亡横亘在两人之间。当一个人怀疑自己，或者对自己感到不安，就无法与他人融合。卡丹比妮望着约格玛亚，仿佛她与她的家宅、丈夫，都属于另一个不同的、遥远的世界。“他们才是这个世界的人，”她的感受是这样的，“他们有爱，有感情，有责任，我是空荡荡的阴影。他们在活人的世界里，而我已经属于不变的永恒。”

约格玛亚也感到困惑，无法理解这一切。女人无法承受解不开的谜，因为扑朔迷离能够滋养出诗歌、英雄精神与学识，却滋养不了持家艺术。所以女人往往把自己不了解的事甩在一旁，与它断绝一切联结，不然就是拿自己制造的其他事物——有用的事物——来取代它。如果这两者她们都干不了，她们就会生气。卡丹比妮越来越让人猜不透，而约格玛亚对她就越来越怨怒，同时疑惑她到底为什么如此烦恼重重。

此外还有别的问题。卡丹比妮惧怕自己，但是她无法逃离自己。怕鬼的人往往在惊恐之中转头回顾，因为他们害怕自己看不见的东西。而卡丹比妮怕的是自己的内在，外在的事物吓不着她。所以，在安静的中午，她会独自坐在自己的房间里，有时大吼大叫；

在夜晚，油灯映照出她的影子，一晃眼都能让她全身颤抖。她的恐惧让宅中的每个人都惶惶不安。男女仆人与约格玛亚自己都开始在各处见鬼。终于在一个夜里，卡丹比妮走出自己的房间，高声哭喊；她径直来到约格玛亚的房门口大喊：“姐姐！姐姐！求求你！别丢下我！”

约格玛亚又惊又怒。她差点当场就把卡丹比妮撵出大门。善心的什里波蒂费了一番功夫，才让卡丹比妮冷静下来，然后将她安置在隔壁房间里。

第二天，在内宅的约格玛亚突然召请什里波蒂。她朝着什里波蒂连声指控：“原来如此！好一个君子。一个女人从自己丈夫家里跑出来，在你家登堂入室，几个月了还不想走，我可没听到你有什么意见。你在打什么主意？你们男人可真是好样的。”

其实，在女人的事情上头，男人的意志的确是很薄弱，女人为此再怎么指责他们也不为过。即使什里波蒂愿意拿自己的性命发誓，证明自己对于可怜而美丽的卡丹比妮完全是正经的同情，可是他的行为却泄露了别的念头。之前他告诉自己：“她丈夫的家人肯定虐待她这个没有孩子的寡妇，让她受了很大的委屈，所以她是被迫逃离，躲到我这儿来。她的父母都不在了，我怎么能不理她呢？”他也忍住了没问她这件事的来龙去脉，因为他不想提起这个令人反感的话题，使她心中不快。然而现在他的妻子激烈指责他这种慈善的被动态度，而且他也觉得，如果要让家中恢复平静，自己应该把卡丹比妮的下落告知她的大伯子。最后他决定，写一封信去也不会有什么结果，最好还是自己亲自去拉尼哈特一趟，看看到底是什么情况。

于是什里波蒂出发了。约格玛亚对卡丹比妮说:“亲爱的，看来你不适合继续待在这里了。不然别人会怎么说呢？”

“我和人之间已经没有关联了。”卡丹比妮看着约格玛亚，神情严肃。

约格玛亚很为难。“你也许没有，”她不耐烦地说，“可是我们有。这么将就一个别人家的寡妇，我们要怎么过日子？”

“我丈夫家在哪里？”卡丹比妮说。

“真要命！”约格玛亚心里想，“这女的到底在说什么？”

“我有什么资格回答你这个问题？”卡丹比妮慢慢说道，“我属于这个世界吗？在这里，你们都有笑容，有眼泪，拥有自己的东西，我只是旁观。你们是人，我是一个影子。我不知道为什么神明把我放在你们中间。你担心我会破坏你的幸福，而我不明白我跟你的关联是什么。可是既然万能的天神让我这样的东西没地方可去，就算你把我驱逐出去，我还是会在你四周飘荡，缠着你。”

她的眼神和语调让约格玛亚明白了这些话的含意，虽然她并不是从字面上听懂了这些话，而且也无法回答。她无法面对更多问题，于是走出了房间，心中阴郁而压抑。

4

当天夜里十点钟，什里波蒂才回到家。当时大雨如激流冲刷着整个世界。轰轰的雨声让人觉得这场雨永无止境，夜晚也永无止境。

“怎么回事？”约格玛亚问道。

“说来话长，”什里波蒂说，“我待会儿告诉你。”他脱掉湿衣服，吃了点东西，抽了点烟，然后就寝。他看起来心事重重。约格玛亚一直压抑住自己的好奇心，直到躺在床上，才问道：“你找到什么了？告诉我吧。”

什里波蒂说：“你一定是认错人了。”

约格玛亚一听就恼了。女人不会犯错。如果女人犯错，那么男人就放聪明点，别提起这回事。最安全的做法就是别抱怨，放过这整件事。“我怎么认错人了？”约格玛亚气冲冲地说。

“你让她住进家里来的这个女人，”什里波蒂说，“不是你的朋友卡丹比妮。”

这种话，尤其出自自己的丈夫之口，引发怒气应该也是很自然的。“你的意思是我认不出自己的朋友？”约格玛亚说，“我得等你来辨认她的身份？太荒唐了！”

什里波蒂说，这句话荒不荒唐并非重点，只有证据算数。毫无疑问的是，卡丹比妮已经死了。

“你听我说，”约格玛亚告诉他，“这件事你已经完全糊涂了。不管你去了哪里，听到了什么，都不可能是真话。到底是谁要你去的？如果你写一封信，现在事情就已经清清楚楚了。”

妻子对自己的办事能力缺乏信心，令什里波蒂感到不快，于是他开始仔细解释每一项证据，然而全是徒劳。他俩继续争执直到深夜。什里波蒂坚信这位客人始终在欺骗自己的妻子，而约格玛亚坚信卡丹比妮是从家里逃出来的。双方都同意的是，应该马上赶走卡丹比妮。但是这场争执双方都不愿意认输。两人嗓音越来越高，而且都忘了卡丹比妮就在隔壁房间里。

“这件事太可怕了，”其中一个说，“我亲耳听见了事情经过。”

“我怎么可能接受呢？”另一个喊，“我现在还能亲眼看见她。”

最后约格玛亚说：“好吧，你告诉我，卡丹比妮是什么时候死的。”她希望这个日期与之前卡丹比妮来信的日期互相矛盾，这样就能证明什里波蒂错了。可是他们发现，什里波蒂打听到的日期正好就是卡丹比妮出现的前一天。约格玛亚听了，心跳猛然加速，什里波蒂也开始发慌。突然一阵湿冷的风吹开房间大门，吹熄了油灯。外边的黑暗立刻涌入，从脚到头，淹没了整个房间。卡丹比妮来了，就站在他们的房间里。这时候是凌晨两点半，外头的雨还在下个不停。

“我的朋友，”卡丹比妮说，“我是你的卡丹比妮，但是我不是活人了。我已经死了。”

约格玛亚吓得尖叫，什里波蒂说不出话。“可是，除了已经死了之外，我哪里害了你呢？如果在这个世界，在地府阴间，我都没有地方可去，我该去哪里？”在这样的雨里和夜里，卡丹比妮又一次尖声叫喊，仿佛要把神明从沉睡中唤醒：“告诉我啊，我该去哪里？”然后她丢下这对目瞪口呆的夫妻，逃离这栋漆黑的房子，去寻找自己的位置，无论在这个世界，还是在世界尽头以外。

5

实在很难说卡丹比妮是怎么回到拉尼哈特的。起先她没有在任何人面前现身，在一座破庙里待了一整天，没东西可吃。夜晚来得很早，雨季里总是这样，而且暗沉沉的。这时候，担心下大雨的村民们已经回家，于是卡丹比妮再次上路。她走到大伯子家附近，心开始怦怦跳，不过她用沉重的头巾围住自己的头，像女仆那样。守门人没有拦住她。现在雨更大了，风刮得很厉害。

宅子的女主人，也就是色拉达尚卡尔的妻子，正在跟她寡居的大姑子玩纸牌。女仆在厨房，小儿子躺在卧室里，他刚发过一阵烧，现在睡着了。卡丹比妮走进卧室，没有人注意到她。无法解释为什么她回到大伯子的宅里来，她自己也不知道原因，但是她知道自己想再见一次这个孩子。她丝毫不曾想过在这之后自己要去哪里，也没想过自己可能发生什么事。

在油灯的火光中，她看见那个瘦弱的孩子躺着睡觉，两手握拳。在她看见孩子的时候，狂跳的心中顿时充满渴望。她多么向往将他最后一次拥抱在自己的胸前，保护他免于所有苦难！接着她想："我不在这里了，谁来看护他？他母亲喜欢朋友聚会、闲聊、打牌，从前她乐得把孩子交给我，那么长的日子，她从来不关心抚养他。以后谁来像我这样照顾他呢？"突然小男孩翻过身来，半睡半醒着说："婶婶，给我一些水喝。"她默默回答："我的心肝啊，宝贝，你没忘了你的婶婶。"她马上从水罐里倒了一些水来，让孩子靠在她胸前，喂他喝了水。

当小男孩还在半睡半醒之际，像从前那样让婶婶喂他水喝，一点也没有受到惊动。不过接着卡丹比妮遂了长久以来的心愿，亲了他一下，再让他躺好。他突然醒了过来，抱住她问道：“婶婶，你死了吗？”

“是呀，我的心肝。”她说。

“你现在回来找我了？你不会再死了吧？”

她还没来得及回答，乱糟糟的场面爆发了：女仆手里端着西米粥走进来，尖叫一声就晕倒在地。色拉达尚卡尔的妻子听见尖叫，丢下手里的牌跑过来，才跑进房间就像木头一样动弹不得，逃也逃不了，说也说不出。孩子目睹这一切，也惊慌了起来，他哭喊着说：“婶婶，你快走。”

现在终于头一回卡丹比妮感觉自己并没有死。对她来说，这栋老宅、宅中的每一件事物、这个孩子、孩子对她的感情，也都是一样活生生的。在自己与他们之间，不再有鸿沟横亘。之前在朋友的家里，她感觉自己已经死了，她感觉朋友曾经认识的那个人已经死了。可是如今在她侄子的房间里，她才明白，孩子的婶婶并没有死。

“大嫂，”她哀哀说道，“你为什么这么怕我？你看，我还是跟从前一样。”

她的大嫂终于站不住了，倒在地上，不省人事。

由于大姐告知，色拉达尚卡尔老爷自己来到内室查看。他双手紧紧合十，朝着卡丹比妮恳求：“弟媳妇，你这样是不对的。沙蒂什是我们家唯一的男孩，你为什么盯上的他呢？你难道不认识我们其他人吗？自从你走了以后，他身子就一天天变弱，一直生病，一天到晚老是喊着‘婶婶，婶婶’。你已经与世界永别了，请你不要再缠着他了，请你离开吧，我们会为你举行像样的葬仪的。”

卡丹比妮无法再承受了。她大声尖叫道：“我现在告诉你，我没死，我没死！我要怎么样才能让你明白——我没死！我还活着。你看不出来吗？”她一把抄起掉在地上的那个青铜碗，砸在自己的额头上，鲜血一下子涌了出来。“你看到了吗，我还活着！”

色拉达尚卡尔仿佛泥塑木雕一般，小男孩啼哭着要找爸爸，两位惊吓过度的女眷倒在地上。卡丹比妮一面高声大喊：“我没死，我没死，我没死！”一面冲出房间，跑下楼梯，撞进庭院的水池。色拉达尚卡尔在楼上听见了落水的声音。

雨继续下了一夜，第二天早上依然没停，到了午后也丝毫没有减缓。卡丹比妮用自己的死亡证明了自己并没有死。

邮站长

THE POSTMASTER

这是邮站长的第一份工作，在乌拉普尔村。这是个很平常的小村。附近有一座靛染工厂，工厂的英国经理费了很大功夫，在村里设了这个新邮站。

邮站长是个来自加尔各答的年轻人，在这样的村里就像鱼离了水。他的办公室在一间昏暗的茅舍里，旁边有一口野草蔓生的池塘，四周都是丛林。工厂的经纪与雇员几乎没有空闲时间，而且对于他这样受过教育的人来说，他与他们也处不来。也许该说是他的加尔各答背景使他无法融入他人。在陌生的地方，他可能显得傲慢，不然就是局促不安。所以，他与此地居民并没有什么接触。

但是他也没有什么工作可做。有时他试着写诗。看树上的叶片轻颤或者天空的云朵，有种悠闲度日的喜悦——他的诗表达的就是这些。只有老天爷才晓得，如果来个天方夜谭里的精灵，一夜之间砍倒所有长了叶子的树，修一条马路，以成排高楼遮住天空，这个半死不活的好人家青年就会再次生气蓬勃。

他的薪资微薄，得自己做饭，村里的一个小孤女为他整理家务，换取一点粮食。她叫拉坦，十二三岁。看来她大概没法结婚了。每天傍晚，村里的牛舍都升起袅袅炊烟，草丛里蟋蟀窸窣。远处村中，有一群昏醉的游吟歌师[1]，和着鼓点与铙钹，沙哑吟唱。如果此时有一位诗人独自坐在幽暗的露台上，那些轻轻颤动的树叶也会令他一阵激灵。这位邮站长走进屋里，在角落里点上一盏暗淡的油灯，然后叫拉坦过来。拉坦都在门口等待。不过第一次叫她的时候，她不会马上过来，而是回应一声：“老爷，怎么了？有什么吩咐？”

邮站长就会问：“你在做什么？”

“我得去把灶点起来——”

“厨房待会儿再说。你先备好我的水烟。”

拉坦很快进来，鼓起腮帮子往烟碗里吹气。邮站长从她手里接过水烟筒，会突然问道：“拉坦，你记得你母亲吗？”她有很多话可以告诉他：有些事记得，有些事不记得了。她父亲比她母亲还疼爱她——她还记得他一点。父亲辛苦劳作一天之后，傍晚回家，她还清楚记得一两个这样的傍晚。她一面说着，一面往邮站长再靠近一

---

1 baul，孟加拉地区一个非正统的教派，以歌曲闻名。其昏醉的原因不是饮酒，而是吸食大麻（ganja）。
名称源自梵语，意为“受到神启的、迷醉的、追寻真理的人”。兴起于孟加拉国及印度西孟加拉邦的农村，其信仰融合了伊斯兰苏菲派与毗湿奴信仰的俱生派（Sahaja）。他们的音乐创作给了泰戈尔很大影响与灵感。游吟歌师歌曲已列入人类口头与非物质遗产。——译者注

点，最后就坐在他脚边的地上。她还记得自己的小弟：在很久以前的某一天，在雨季里，他俩一起站在小水塘边，用树上折下来的细枝钓鱼。这件往事比其他许多更重要的事更深地刻在了她的心上，栩栩如生。有时候拉坦与邮站长这样闲聊到夜里，他觉得困了，不想做饭。通常有午饭剩下的蔬菜咖喱，拉坦会赶紧点起灶火，做几张薄饼——这就是两人的晚饭。

偶尔，在这间茅舍里，邮站长会坐在一张低矮的办公室木凳上，说起自己的家人——弟弟、母亲、姐姐。他孤身一人待在这里，犹如被放逐一般，他时常想念他们想得心里发疼。这些心事，他连做梦也不曾想到向那些靛染厂雇员吐露，却告诉了这个不识字的小女孩，而且感觉天经地义。渐渐地，拉坦提到他的家人，就是他的母亲、姐姐、弟弟时，就像提到自己的家人一样。她在心里还会描绘出他们可亲可爱的模样。

雨季的某个晴和午后，微风轻暖，湿润的草叶上有阳光的味道。大地的气息炎热、慵懒，仿佛轻抚着皮肤。附近有一只叫声单调而不停歇的鸟，在这大自然的午后接见会里不断哀哀恳求。邮站长几乎没有任何公务：事实上他只能看着那些被雨水刷洗过的树叶，滑润光泽，微微颤动，还有雨后的层云被太阳照亮，慢慢消散。他望着这一切，想到如果身旁有一位亲近的伴侣，能够接受他心中最亲密的感情，那会是什么光景。渐渐地，那只鸟似乎也在诉说同样的心事，一声又一声；在那午后的凉荫与清寂里，草叶的簌簌声似乎也有了同样的含意。没有几个人会相信或者想象得到，一个小村里薪资微薄的下级邮站长，在这午后的幽静闲散之中，能有这些感触。

他重重叹了口气，喊拉坦过来。当时她正躺在外头一棵番石榴树下歇息，吃着青涩的果子。她一听见主人召唤，马上跑了过来。

“老爷，您叫我？”她喘着气说。

邮站长说：“我来教你识字，每天教一点儿。”从那时候起，他每天中午给她上课，先是元音，很快就进步到了辅音与半元音。

在雨季的室罗伐拏月，雨一直下。沟渠、水坑、运河，全都泛滥了。从早到晚都是蛙鸣与滴答雨声。事实上根本无法步行，只能坐着小船上市集去。有一天，从破晓就开始大雨倾盆。邮站长的学生拉坦在门口等了很久，但是平日那声呼唤却始终没有响起。她抱着自己的一包书，悄悄进了房间。她看见邮站长躺在床上，以为他在休息，就又踮着脚尖要退出去。突然她听见邮站长喊她。她转回来，很快跑到他身边，问道：“老爷，您没睡着吗？”

“我不舒服。”邮站长说话很吃力，“你看看——试一下我的额头。”

他觉得自己很需要安慰：病得这么可怜，又在这个偏僻的地方，外头还下着大雨。他记得从前有柔软的手抚摸他的额头，手上戴着海螺镯子。他希望自己的母亲或者姐姐此时在身边照顾，以女性的温柔抚平他的病痛与寂寞。不过他的愿望很快就实现了。小女孩拉坦不再是小女孩，因为她担起了母亲的角色：她请医生来，按时喂邮站长吃药，整夜不睡，守在他床边，给他做有益于康复的饭菜，而且说了上百次“老爷，你觉得好点了吗”。

过了许多天，邮站长终于可以起身，他瘦了，而且很虚弱。他已经决定，这一切到头了，他得设法离开这里。他马上写信给加尔各答的总局，申请调职，理由是此地对他的健康不利。

拉坦不用再看护邮站长，于是又回到门外平时待着的位置。他也不再像从前那样喊她来。有时候她往里觑看，看见邮站长坐在木凳上，心不在焉，或者是躺在床上。她守望着，期待他的召唤，而他在焦急等待自己申请的回音。她坐在门外，把从前学过的课本复习了许多次。她很担心要是哪天老爷突然叫她去，她脑子里的那些半元音会一团混沌。几个星期后的一个傍晚，他终于又一次叫她了。满怀渴望的拉坦跑进屋里。“老爷，您叫我吗？”

“拉坦，我明天就走了。”邮站长说。

“老爷，您要去哪里？”

“我要回家。”

“您什么时候回来？”

“我不回来了。”

拉坦没有再问。邮站长告诉她，他已经申请调职，不过被驳回了，所以他现在要辞职回家。好一会儿，他俩都没再说话。油灯暗淡摇曳，漏水的茅草屋顶上有个洞，雨水一滴一滴落进一个陶土碗。然后拉坦慢慢走到厨房里，做了一些薄饼。她在烤饼的时候，不像平时那样充满生气，显然她的思绪让她分心了。邮站长吃晚饭的时候，她突然问:“老爷，您可以带我一起回家吗？”

“怎么可能呢！”邮站长哈哈大笑。他不觉得有必要向她解释为什么这是不可能的。

那一整个晚上，拉坦无论醒着还是在梦里，耳边都不断回响着邮站长的笑声——“怎么可能呢！”

第二天一早，邮站长发现自己的洗澡水已经备好（他的加尔各答习惯，用水桶运进来的水洗澡）。拉坦实在没法问他何时离开，所以就在前一天夜里取了河水来，以便他一早可以洗澡。邮站长梳洗完就喊拉坦来。她轻轻走进屋里，这一次却没说话，只是看着他，等他的指示。“拉坦，”他说，“我会告诉那个接替我的人，要像我这样照应你。你不必为了我离开而担心。”

他说这番话当然是出于善意与慷慨，可是谁能捉摸清楚女性的情感？拉坦曾经顺服地默默接受主人的斥责，但是这番善意的言语却远非她所能承受的。她胸中汹涌的情感喷薄而出，她哭着说：“不要，不需要，你对谁都不要说——我不要继续待在这里。”邮站长吃了一惊，他从来没见过拉坦这个模样。

新的邮站长来了。辞职的邮站长交卸完自己的工作之后，准备好出发。在走之前，他叫来拉坦，对她说：“拉坦，我一直没法付给你什么。今天走之前，我要给你一些东西，至少可以让你过几天日子。”除了他这一路上要用到的一点钱，他把手中的薪资都拿了出来。可是拉坦瘫在地上，抱住他的双脚，说道：“老爷，我求求你，求求你，不要给我钱。真的，我的事不值得任何人来操心。”然后她就跑开了。

邮站长叹了一口气，提起旅行袋，把雨伞横背在肩上，一个小工把他的蓝白条马口铁箱顶在头上，跟着他慢慢走向小船。

他上了船，船起航了，洪泛的河水开始起伏，仿佛大地满溢的泪水。这个时候，邮站长感到一阵巨大的痛苦：一个单纯的农村女孩，她那悲苦万分的脸，仿佛诉说着一种无法言喻的、永恒而普世的强烈哀伤。他突然渴望调头回去。他难道不应该回去带上那个孤女，那个被世界抛弃的人？然而此时风涨满了船帆，浩浩河水奔流而逝，小村被抛在后头，现在已经可以望见河边的火化场。他被水流带远了，开始冷静思考：人的一生有许多离别，许多死亡。掉头回去有什么意义呢？这世上又有谁属于谁？

但是拉坦没有这样的哲思来安慰自己。她只能在邮站附近徘徊，不断饮泣。也许她心里还有一点微弱的希冀，说不定老爷还会回来；这个念头就足以使她留恋此处。人的心有多么欠思考，多么可怜！错误总是会再犯，逻辑与理性却很难领悟。我们张开双臂紧紧攀住虚假的希望，尽全力拥抱它，连最有分量的反面证据也拒绝相信。到最后，这份希望甩脱我们的怀抱，扯断我们的血管，心里的血流干了，直到我们恢复神智，重新奔向幻灭设下的陷阱。

全无心肝

THOUGHTLESSNESS

我不得不离开我的家乡。在此我不直接告诉你这件事的经过，只迂回告诉你是怎么回事。

我是村里的本地医生，家就在警察局对面。我跟警察局局长走得很近，犹如我熟悉死亡——因此我也清楚人类与人类保护者[1]加给人性的折磨。我的介入让局长得到金钱上的好处，反过来，我也从他获益，这就好比同时佩戴的珠宝与手镯互相辉映。

没错，我与警察局局长、经验老到的官司调停人拉利特·恰克拉巴尔蒂之间的交情是很特别，导致他经常唠叨着让我跟他的一位老姑娘亲戚结婚，就像那姑娘也被他啰唆这件事一样。可是我不忍让我失恃的独女莎希受到后母管制，于是每年历书上宜嫁娶的良辰吉日，就这么过去了。我看着许多配得上和不怎么配得上的新郎坐上轿子迎亲，而我只是参加新郎的婚礼，吃别人的婚宴，然后叹一

1　Nārāyaṇa，那罗延，毗湿奴的化身，身份是保护者，这里用来指警察，有反讽之意。

口气，回家。

莎希十二岁——将近十三岁了。某个颇具社会地位的家庭暗示我，如果我能拿出一笔像样数目的钱，就可以把女儿嫁进他们家。要是这件事能办成，我就可以转而安排自己的婚事了。

有一天我正为这笔钱发愁，图尔西村的哈里纳特·马宗达来找我，看起来十分绝望。他孀居在家的女儿昨晚突然死了，而他的对头写了告密信送到局长手中，暗示她是死于堕胎。现在警方要验尸。

这件羞辱再加上女儿之死带来的悲痛，已经超过他所能承受的。我是医生，又是局长的朋友，肯定能有什么办法吧？

吉祥天女决定造访的时候，她可能从大门进来，也可能从后门。我摇摇头，说："我看这件事难得很。"我随口编造了几个例子，浑身发抖的老头哈里纳特哭得像个孩子。

长话短说，总之哈里纳特必须变得一贫如洗，才能给自己的女儿举行应有的葬礼。

我的女儿莎希走过来问我，语气充满了怜悯："父亲，那个老人为什么来见你，在你面前那样哭？"

"走开，"我不耐烦地说，"不关你的事。"

为女儿找个如意郎君的路已经铺平。婚期定了。她是我的独女，我精心策划了她的婚礼。我没有妻子，所以好心的邻居们来帮我。已经不名一文，但心怀感激的哈里纳特也日夜为我干活。

到了婚礼前夜，也就是为新娘与新郎涂上郁金粉的那一天，在凌晨三点，莎希突然因为霍乱病倒了，恶化得很快。我试了所有办法，一瓶又一瓶毫无疗效的药全都砸到了地上，最后我冲到哈里纳特家，跪在他面前。“老大爷，原谅我吧！”我哭喊着说，“原谅我造的孽！她是我唯一的女儿。我只有她。”

“您这是做什么？医生老爷，您这是在做什么？”哈里纳特说，他一头雾水，“是我欠您的恩情！您别给我下跪啊！”

“你什么坏事也没干，是我毁了你。”我说，“因为我造了孽，我的女儿快死了。”

我开始对每个人大喊：“是我毁了这个老人，所以现在遭天谴了！老天爷啊！老天爷救救我的莎希！”

我抓起哈里纳特的凉鞋，朝着自己头顶痛打。老人尴尬极了，把鞋抢了回来。

第二天早上十点，莎希永远离开了这个世界，身上还留着郁金粉。就在这过后第二天，局长对我说：“好了，现在你可以结婚了吧？你得找个人照顾你。”

对一个人的悲恸如此不尊重，毫无同情，魔鬼也自叹弗如！可是过去我在那么多事情上与他看法一致，所以现在我没法开口。我与他的交情现在这样刺痛了我，令我感到羞愧！

无论多么心痛，生活都必须继续。一个人必须把全部精力再次放到日常要务：找粮食吃，找衣服穿，找柴火烧，给鞋找鞋带。出诊之间的空闲，我独自坐在家里，有时在耳边听到那怜悯的声音：“父亲，那个老人为什么在你面前那样哭？”我自己花钱为哈里纳特的破屋重修屋顶，把我自己的奶牛给了他，为他从放债的手中赎回了田地。

悲悼的打击令我无法承受，在傍晚与失眠的夜里，我孤身一人，免不了会想："我好心肠的女儿，虽然已经从这一世解脱，可是她父亲犯下的无情罪孽，却让她在地下也不得安宁。她似乎一直回到这里，满怀悲伤，问我：'父亲，你为什么做出这种事？'"

有一阵子我一直处于这种状态，甚至无法开口向穷人收取诊治的费用。如果病人是个女孩，我就觉得这是莎希的化身在生病；我从村里每一个生病的女孩身上都看到了莎希。

村里现在大雨泛滥。田地和房屋之间只能搭船往来。常常是一早就开始下雨，持续一整天。

村里的地主老爷派人来召唤我。他的船夫可容不下拖拖拉拉，急着要走。

从前我在这种天气里出门的时候，都有那么一个人撑开我那把老旧的雨伞，检查是否有破洞；都有那么一个担心的声音，一遍又一遍嘱咐我当心，别遭了湿气侵人的风雨。今天在空洞寂静的屋子里找雨伞时，我停了一下，回想她可爱的脸庞。我望着她关着的卧室房门，心里想我这个人从不知体念他人的哀伤，可老天爷为什么却为我安排了这样源源不绝的爱。我从失去了主人的卧室门口走过，胸膛深处感到一阵痛楚。可是此时地主老爷的仆人暴躁地高声催促我，我很快压抑下悲痛，走到门外。

我上了船，看见警察局门外的河边台阶旁系着一条独木舟，舟上坐着一名农人，浑身湿透，只缠着腰布。我问他怎么回事，他告诉我，昨晚他的女儿被蛇咬了——于是这个可怜人得从老远的村子来这里报案。我看得出来，他已经把身上仅有的衣服脱下来，盖住女儿的遗体。

地主派来的急躁船夫解开缆绳，我们就出发了。午后一点我回到家，看到那名农人还是全身湿透地坐在原处，屈腿抱膝；而局长老爷还没露脸。我把自己的午餐分给这农人一些，但他没碰。

我很快吃完，又上船去地主老爷那里诊治病人。到了傍晚我回来的时候，那个人还坐在那里，已经接近紧张性僵直的状态了。我问他话的时候，他几乎无法回答，只是盯着我瞧。这条河，这个村子，这个警察局，这个乌云密布、大雨浇透、满地泥泞的世界，对他来说都只是梦境般模糊。我问了他好几次，才打听到有个警察出来问他身上那条腰布里有没有钱。他说自己很穷，什么都没有。警察就说："你这个骗子，坐着等吧。"

从前我经常见到这种场面，但从来没有留意过。可是今天我无法忍受这件事。我的莎希那温柔安静的声音，仿佛悸动着穿透了整片阴郁的天空。这个说不出话、失去了女儿的农人，他那无法承受的悲痛，仿佛撞击着我的胸膛。

局长老爷正舒舒服服地坐在一把藤椅里，抽着水烟。他的一个叔父——想把女儿嫁出去的那个叔父——刚进门来找他，想谈谈我的事，此时他们正坐在一个坐垫上闲聊。我像一阵风冲进去，对这两个人大吼："你们是人还是魔鬼？"然后我把这天挣的钱砰的一声甩在他们面前，说："你要钱，就拿去，拿着它下地狱。现在去帮外头那家伙把事情解决了。让他可以火化自己的女儿。”

医生与警察局局长之间的友谊，是许多人的眼泪与苦难浇灌起来的，如今在这场暴雨中摔成了碎片。

不久之后，轮到我自己跪在局长面前，颂扬他英明伟大，哀叹自己愚蠢糊涂；可是我依然必须远走，离开我的家乡。

献出的财富

WEALTH SURRENDERED

1

布尔达班·昆达愤怒极了。他向他父亲宣布：“我要离开这里——现在就走。”

“你这个忘恩负义的浑蛋，”亚杰南阿特·昆达说，“这么多年我给你吃，给你穿，你一分钱都没有拿回来，而且看看你现在是怎么报答我的吧。”

其实亚杰南阿特供给家人吃穿的花费从来都不多。古代圣人只需少得出奇的物资就能生存，而亚杰南阿特在这方面也足以踵武前贤。不过这离他想要达到的境界还差得很远，一个原因是现代生活所需如此，另一个原因是囿于毫不讲理的大自然定律，不能让灵魂离体、肉身死亡。他的儿子在还没结婚的时候，一直在忍受这些；结婚之后，他对于衣食的标准就与其父极端的节衣缩食起了冲突。布尔达班的标准是以物质而非精神来衡量的，他的要求与普通人一样：视天气冷热、腹中饥饱而定。这对父子经常起争执，后来布尔达班的妻子生了重病，事态就恶化到了极点。当时大夫要为她开一种昂贵的药，可是亚杰南阿特质疑他的医术，把他打发走了。一开始布尔达班向父亲哀求，继而发怒，但是都没有用。最后他的妻子死了，他谴责父亲谋杀。“你这话什么意思？”亚杰南阿特说，“你的意思是人只要吃药，就不会死？如果昂贵的药真能救命，那么帝王都是不死之身了。为什么你的妻子死前要比你母亲、你祖母多那么一笔铺张浪费？”

如果布尔达班没有这么悲痛而不理性，能够客观看待事情，那么这种思想还有可能让他宽慰不少。他的母亲与祖母在死前都没有服药治疗，这是这一家根深蒂固的传统。可是现代人并不想遵循古老的传统而死。（我讲的是英国人刚到印度时，可是当时年轻人的行为已经使老一辈为之惊恐。）

这就是为什么跟上时代的布尔达班与老古董亚杰南阿特争吵，然后说：“我要走了。”

他的父亲马上告诉他可以走，然后故意让所有人都听见——哪怕给儿子一分钱都像杀牛一样罪恶。布尔达班也反唇相讥，说拿走他父亲的任何一分钱都像是流他母亲的血。然后双方就分道扬镳了。

村里的人过了那么多年平静日子，对于这场小小的革命颇感兴奋。布尔达班已经被褫夺了继承权，所以他们都使尽全力防止亚杰南阿特懊悔与儿子决裂。他们说，为了区区一个妻子与自己的父亲争吵，也只有如今这样的年头才有可能发生。不管怎么说，妻子没了，还可以再娶，可要是父亲没了，就不可能再找到第二个，无论拿感情还是金钱来换都不可能！这番道理的确明智，不过在我看来（考虑到布尔达班的性格），这个思路并不会让他忏悔，反而会让他心情开朗不少。

亚杰南阿特似乎也没有因为儿子离家出走而难过。因为这样一来省了一大笔开销，并且彻底根除了一个令他长期忧惧的念头：说不定哪天布尔达班会毒死他。这种病态的恐惧使得他每天吃的那一点粮食都显得十分可疑。他的儿媳一死，这种状态就减轻了不少；儿子离家之后，他更是感觉轻松多了。

只有一件事让他伤心。他儿子把四岁的孙子戈库尔钱达拉也一起带走了。和别人比起来，戈库尔的衣食花不了多少钱，所以亚杰南阿特与他相处就从容得多。（虽然他很惋惜孙子离开，但还是忍不住很快计算了一下：他们父子俩走了之后，现在每个月以及每年可以省下多少钱；要多少本金才能生出一样多的利钱。）空荡荡的房子里，不再有戈库尔来淘气，这种日子实在很难过。如今亚杰南阿特供神祈祷的时候没有人来打扰，吃饭的时候没有人偷偷抓一点，记账的时候没有人抢了他的墨水瓶就跑。盥洗吃饭的时候没有人来打扰，真是令人黯然神伤。他想，这种无人打扰的空虚是死人专享的。每当他看见从前小孙子在自己的被褥上戳出来的破洞，还有犹如艺术家一般在坐垫上留下的墨渍，都感到心被拉扯了一下。有一回这个娇纵的孩子把他缠了不到两年的腰布扯坏了，被他狠狠训斥了一顿。现在亚杰南阿特看见这块又脏又破、皱成一团的腰布，被遗忘在戈库尔的卧室里，眼里就忍不住发酸。他没把这块破布拿来做成灯芯或者用于家务，而是仔细把它收在一口箱子里，并且在心里保证如果戈库尔回来，哪怕把他缠了不到一年的腰布弄坏，自己也不会责罚他。可是戈库尔并没有回来。亚杰南阿特似乎比从前老得更快了，这栋空荡荡的房子每天都感觉比从前更空一点。

亚杰南阿特无法静心待在家里。出身高贵的人们都在家午睡的时候，他却捧着水烟在村里漫步。每当他这样默默散步，村里的男童就暂停游戏，躲在安全距离内，冲着他大喊一些本地的顺口溜——都是以他的吝啬为主题的。他们谁也不敢叫他的真名，因为害怕这会带来厄运，使自己的下一餐饭腐坏。于是他们各自给他取了一些外号。老一辈人叫他“亚杰南阿什”[1]。那些顽童叫他“蝙蝠”，原因很难解释，也许他们从他病态苍白的气色里发现了一些与蝙蝠相似的地方。

2

有一天，亚杰南阿特正像这样沿着杧果树荫下的小径散步，他看见一个之前没见过的男孩子正在发号施令，指挥其他孩子做一些全新的游戏。这个男孩性格强势，富有想象力，让那些顽童都很着迷。他不像其他孩子，一看到这个老人就躲起来，反而精神抖擞地来到亚杰南阿特面前，一抖搂自己的头巾，放出一只蜥蜴，蜥蜴一溜烟从亚杰南阿特身上跑过，消失在草丛里——留下亚杰南阿特在那里浑身颤抖，刺痛难忍。顽童们哈哈大笑。亚杰南阿特走了没几

1　亚杰南阿什（Yajnanash），意为“破坏神圣献礼的人”。亚杰南阿特（Yajnanath），意为“神圣献礼之主”。

步，肩上的披肩突然被扯下来，再出现的时候已经被那个新来的男孩缠在自己头上。

这个陌生男孩的新奇礼节倒是令他刮目相看。已经很久没有哪个孩子像这样大胆又熟稔地对待他了。亚杰南阿特费了好大的劲儿，又吼又哄，总算让这孩子听话了。

亚杰南阿特问："你叫什么名字？"

"尼托伊 · 帕尔。"

"你打哪儿来的？"

"不告诉你。"

"你父亲是谁？"

"不告诉你。"

"你为什么不告诉我？"

"我离家出走。"

"为什么？"

"我父亲要送我去上学。"

亚杰南阿特马上觉得，送这么个孩子去学校实在是浪费钱，他爹肯定是个傻瓜。

他问："你要不要到我家来跟我住？"

男孩并不反对，跟着他回来住下了，就像睡在路边树荫下一样自在。不但如此，他还明目张胆地要求吃穿，仿佛已经事先付了钱似的，还口无遮拦地与邀请自己的主人争辩这些事。从前亚杰南阿特与儿子争论的时候，赢得很容易，可是现在对象换了一个人，他就只能妥协了。

3

亚杰南阿特对尼托伊·帕尔的喜爱是前所未有的，村民们都感到惊讶。“老家伙没有多久好活咯，”他们心里想，“然后这个野孩子就会继承所有家产。”他们非常嫉妒这个男孩，决心挑他的毛病。可是老人把他仔细藏了起来，仿佛他是自己胸中的肋骨一般。

有时候这孩子焦躁，说到要走，亚杰南阿特就针对他的贪心下功夫，说：“我死了以后，你就能得到我的全部财产。”男孩还很年轻，但他知道这个承诺的轻重。

于是村民们开始寻找尼托伊的父亲。“他父母该有多么伤心呀！”他们说，“真是个顽劣的孩子！”他们肆意辱骂他的那些话，简直没法再说出口，但他们的情绪其实是出于自私怨毒，而非义愤。

有一天，亚杰南阿特从路人那里听说，有个叫达莫达尔·帕尔的男人在寻找走失的儿子，正在往这个村子里来。

尼托伊听到这个消息，吃了一惊，正要逃走，丢下在这里的前途。但亚杰南阿特安慰他，说道：“我会把你藏在别人找不着的地方。甚至村里的人也找不着。”男孩好奇了，说：“带我去看看。”

“如果我现在带你去，就会被发现。”亚杰南阿特说，“今天晚上我带你去。”

新探险的承诺让尼托伊很兴奋。他决定了，等父亲空手而去之后，他就要在玩捉迷藏的时候躲在那个地方，难倒玩伴们。没有人能找到他，肯定很有意思！想到父亲搜遍了整个乡间都找不到他，

他就非常开心。

到了中午，亚杰南阿特把男孩锁在家里，自己出去了。他回来的时候，尼托伊缠着他求问；刚到傍晚，就问他能不能出发。

亚杰南阿特说:“现在还不到夜里。”

过了一会儿，尼托伊说:“现在是夜里了，老爷子，走吧。”

“别人还没睡着。”亚杰南阿特说

过了一会儿，尼托伊又说:“现在他们睡着了——走吧。”

夜越来越深，尼托伊一直撑着不睡，但还是坐着打起了瞌睡。夜里一点钟的时候，亚杰南阿特牵着尼托伊的手，领着他走上黑暗的小径，穿过沉睡的村子。到处都没有声音，只有偶尔的狗吠，远近四处的狗也大声回应。有时候，会有夜行的鸟类被脚步声惊动，振翅飞越林间。尼托伊紧张地抓住亚杰南阿特的手。

他们走过几处田地，最后来到丛林深处，那里有一座连神明都已经遗弃的颓圮庙宇。“就在这里？”尼托伊很不高兴。这里一点都不像他想象的那样，没有任何神秘之处。之前他离家出走，有时候就在这种破庙里过夜。这个地方玩捉迷藏也还行，但并不是完全找不到。

亚杰南阿特抬起神庙中间的一块石板。男孩看见底下像是一个地窖，里面有油灯闪烁。他很惊讶，感到好奇，却也害怕。亚杰南阿特从梯子爬下去，尼托伊惴惴不安地跟着他。

到了地窖里，他看见到处摆满了黄铜水罐。水罐围绕着一个神像的坐垫，前方摆着朱砂、檀香粉、花环，以及其他供神的用品。

尼托伊发现，这些水罐里都装满了卢比硬币与莫赫[1]金币；他感到十分惊奇而迷惑。

“尼托伊，”亚杰南阿特说，“我告诉过你，我会把我的钱都给你。没有多少，就这么几瓶。今天我把它们都交到你手里。”

尼托伊跳了起来。“全部吗？你自己一卢比都不留？”

“如果我拿了，这些钱就会让我染上麻风病。不过我还有一件事要嘱咐你：如果我出走多年的孙子戈库尔钱达拉回来了，或者他的子孙回来了，这些钱就得全部交给他们。”

尼托伊认为亚杰南阿特已经疯了。“好。”他说。

“现在你去坐在那个坐垫上。”亚杰南阿特说。

“为什么？”

“因为你必须接受膜拜。”

“为什么？”

“这是习俗。”

他坐在坐垫上。亚杰南阿特在他的额头涂上檀香粉，用朱砂涂上一个红点，又在他脖子上戴了花环。然后亚杰南阿特坐在他前面，开始低声诵经。尼托伊发现自己被当作神明一般膜拜，实在吓坏了，诵经也把他吓坏了。他喊道：“爷爷。”

亚杰南阿特没有答应，继续诵经。最后他把那些沉重的水罐拖过来，放在男孩面前，一只一只献给他，而且每一次都要他说一遍

1 莫赫（mohar），莫卧儿帝国的金币名称，后来东印度公司也铸造。十九世纪四十年代，英国人宣布停用，但民间依然用于财物收藏。现今通用英文译名为 mohur。——译者注

这段话："我将这些金钱清点并且遗赠给戈库尔钱达拉·昆达，其父乃布尔达班·昆达，其父乃亚杰南阿特·昆达，其父乃帕拉马南达·昆达，其父乃普兰奎师那·昆达，其父乃加达达尔·昆达，其父乃尤迪斯蒂拉·昆达；或者遗赠给戈库尔钱达拉之子或真裔子孙。"

这样重复了一遍又一遍，男孩已经神志不清。他的舌头也渐渐转不动了。到了最后仪式结束，这个狭小如洞穴的空间里的空气，已经因为油灯烟气以及两人的呼吸而凝滞。尼托伊的嘴里发干，四肢发烧，他渐渐觉得呼吸困难。灯光摇曳，然后熄灭了。在一片黑暗里，他感觉到亚杰南阿特正在爬上梯子。

"老爷子，你去哪里？"他惊慌喊道。

"我要走了，"亚杰南阿特说，"你留在这里，没有人能找到你。可是你要记住亚杰南阿特之子布尔达班的儿子，戈库尔钱达拉。"

他爬出地窖，把梯子也抽了上来。"老爷子，"尼托伊喘不上气，几乎没法说话，"我要回去找我父亲。"

亚杰南阿特把石板推回原位，然后竖起耳朵听，也只能勉强听见尼托伊呻吟着一句："父亲。"接着是一声闷响，就再也没有动静了。

亚杰南阿特以这种方式，把自己的财宝委托给了药叉[1]。他往石板上抹了一些油，再盖上砂砾，还有庙里的破砖。然后堆上杂草，又从丛林里取来一些灌木，插在草堆上作为伪装。天差不多要亮了，可是他还放心不下，没法离开这里。他不时俯下身去，把耳朵贴在

1　药叉（yakṣa）。在印度神话中，药叉守护地底的宝藏。

地上细听。他觉得自己听见来自大地深处的一声哭喊。夜空中充满这个声音。世界上所有熟睡的人都被它吵醒，现在都坐在自己的床上聆听。老人疯狂地不停堆上更多泥土，仿佛要堵住大地的嘴。但还是有人喊了出来："父亲。"亚杰南阿特颓然趴在地上，狠狠地低声说："安静，每个人都会听见你。"

但还是有人又喊了一声："父亲。"

老人发觉黎明已近。他充满恐惧，离开了破庙，走到开阔的田野上。但即使在这里也有人在喊："父亲。"他心中惊恐，转过身来，发现站在面前的是自己的儿子布尔达班。

"父亲，"布尔达班说，"我听说我的儿子躲在你家。把他还给我。"

老人蹒跚朝着布尔达班走去，他的双眼与脸变形得吓人。他靠过来，说："你的儿子？"

"对，"布尔达班说，"戈库尔。他现在的姓名是尼托伊·帕尔，我叫达莫达尔。这附近每个人都知道你的名头，所以我们改名换姓，不然没有人愿意跟我们说话。"

老人的两手向天撕挠，仿佛要抓住空气；然后倒在地上，晕了过去。一会儿苏醒之后，他连忙催促布尔达班去那座破庙。"你听见那声哭喊了吗？"他问。

"没有。"布尔达班说。

"你竖起耳朵听，听不见有人在喊'父亲'？"

"没有。"布尔达班说。

老人听他这么说，似乎放心了。从那时起，他就到处问每一个人："你听见那声哭喊了吗？"他们听了这个疯子的话，都哄堂大笑。

大约四年之后，亚杰南阿特临终之时，他眼中所见世上的光逐渐暗淡，他的呼吸弱了下去，昏迷的他此时突然坐起。他的两手乱抓，口中喃喃地说："尼托伊——有人拿走了我的梯子。"他在自己身处的地窖里没找着梯子，这个地方广大无边，没有光亮，没有空气，他又颓然倒在床上。然后他消失了，去了那个玩捉迷藏的时候没有人能找到的地方。

心愿得偿

WISHES GRANTED

苏巴尔钱达拉的儿子叫作苏希儿钱达拉。不过人未必名副其实[1]：苏巴尔钱达拉并不壮；苏希儿钱达拉也并不循规蹈矩，他经常惹恼四街八邻。他的父亲想逮住他，可是腿上有风湿，而且这孩子跑得跟鹿一样快；所以这些拳打、掌击、甩耳光全没落在有效位置。但是每次苏希儿钱达拉被逮住的时候，就没有那么容易脱身了。

今天是星期六，下午两点就放学，可是苏希儿钱达拉根本不想上学。他不想上学的原因很多：一是今天有地理考试；二是今天晚上附近的博塞斯家放烟火，早上就开始准备了。苏希儿想去那边逛逛。

他考虑了很久，到了该上学的时候，他在自己的床上躺下。他的父亲苏巴尔问他："怎么回事？怎么躺在床上？你不上学吗？"

"我胃疼，"苏希儿说，"我今天不去学校了。"

1　苏巴尔意为"强壮的"，苏希儿意为"优雅的""有礼的"。

苏巴尔看穿了他，心中暗想：“你等着吧！”接着说：“那么你最好别出门了。我让哈里去看烟火。我本来买了一些太妃糖给你今天吃，现在看来最好别吃了。你安静待着，我去给你弄些草药来。”

他从外头拴上房门，然后做了一份特别苦的草药。苏希儿进退两难：他讨厌吃药和喜欢太妃糖的程度不相上下。他从昨天晚上就期待着去博塞斯家，可现在已经不可能了。

苏巴尔老爷端着一大碗药汁回来了，苏希儿从床上直跳起来，说：“我的胃已经好了——我要去上学。”

“想都别想，”苏巴尔说，“把药喝掉，然后乖乖休息。”他强迫儿子喝下药，就出去了，并且在门外头加了一把锁。

苏希儿躺在床上哭，不停地想：“要是我年纪跟父亲一样大就好了！那就可以随便做我想做的事，没有人能阻止我。”

他的父亲苏巴尔独自坐在房门外，心里想：“我的父母太溺爱我了——我从来没有好好读书。要是我能再回到童年，我决不会浪费时间——我就什么也不做，只做学校功课。”

此时愿望女神[1]正巧经过。她看见这对父子的愿望，就下了决心：“那好——就让他俩的愿望成真一阵子。”于是她对做父亲的说：“你的愿望实现了。从明天开始，你就会跟你的儿子一样年轻。”她对做儿子的说：“从明天开始，你的年纪就跟你父亲一样大。”父子俩都很高兴。

上了年纪的苏巴尔钱达拉夜里一向睡不好，总是接近天亮才

1 Icchāṭhākrun，虚构的神祇，并非传统的印度女神。

睡着。可是今天呢？他一早醒来，精神抖擞，从床上一跃而起。他发现自己的身材变得很小，掉了的牙也都长齐了，胡须不见了。昨晚穿着睡觉的腰布与衬衣，现在显得松松垮垮，衣袖几乎碰到了地上，领口垂在胸前，腰布的下摆牵拉着绊了脚。

苏希儿钱达拉通常很早起床，然后到处乱跑捣蛋，可是今天他没醒。等到他被苏巴尔钱达拉的吼声叫醒的时候，他发现身上的衣服绷得紧紧的，几乎绽线。他的身体已经圆胖了起来，半张脸都被灰白的胡须遮住。他伸手摸摸自己的头，从前满是茂密的头发，现在秃了一块，闪闪发亮。他不想起床。他震天响地打着呵欠，翻来覆去；最后——实在是被他父亲的吼叫惹得心烦——才摇摇晃晃爬起来。

父子俩的愿望都成真了，可是接下来的后果却很尴尬。之前我讲到，苏希儿钱达拉曾经想过，如果自己跟父亲苏巴尔钱达拉一样身材高壮、自由自在，就可以随意爬树、跳水、吃未熟的青杧果、抓小鸟、在田野里到处游荡。什么时候回家、吃饭，都随他高兴，没有人能阻止他。可是出人意料的是，今天早上他醒来之后，一点爬树的意愿都没有。他看见那个池塘的时候，想的是如果自己跳下去，那么非得感冒不可。他反倒在前廊铺开一张坐垫，静静坐下思考。

最后他认为，如果完全放弃玩耍也不好，他应该去试试。于是他试了好几次，要爬上一棵黄酸枣树。就在前一天他还能爬上去，像松鼠一样敏捷；而现在他的身体老迈，完全爬不了了。低处一根枝丫承受不了他的重量，断了，他砰的一声摔落在地。路人看见这么一个老头像小孩一样爬树又摔了下来，都哄然大笑。羞惭的苏希儿钱达拉垂着头，回到前廊的坐垫上去了。

然后他唤来仆人，吩咐道：“去给我买一卢比的太妃糖来！”他热爱太妃糖。学校附近那家店里有很多种，通常他拿零花的几分钱买糖——他决心哪天自己像父亲一样有钱的时候，就要把口袋里都塞满糖果，吃个不停！今天仆人给他买来了一整袋。他拿起一颗，放进没牙的嘴里，开始吮咬——可是小孩的糖果在老人嘴里就完全不对劲了。他心想：“我父亲现在是个小孩，可以给他吃。”接着又想：“不行，不能这样——给他吃这么多糖，会生病的。”

直到昨天，村里的男孩们还跟苏希儿钱达拉玩“卡帕蒂[1]”游戏，可是今天他们来找他的时候，看到的却是一个老年苏希儿钱达拉，于是一哄而散。从前他想：“要是我像父亲一样自由，就可以整天跟我的兄弟们玩卡帕蒂，一整天‘嘟——嘟嘟——嘟’！”可是今天他不想看到拉卡尔、戈帕尔、阿克绍伊、尼巴兰、哈里什，还有南达——他想静静坐着。男孩子实在太吵了。

前面我说过，他的父亲苏巴尔钱达拉总是坐在前廊的坐垫上，想道：“我小时候浪费光阴闲晃。如果我重获青春，就要当一个好孩子——我要坐在房间里，紧闭房门，用功读书。甚至在晚上也不听祖母说故事，我要读书读到夜里十点，甚至十一点。”

---

1 kapāṭi，印度本土的游戏。参加者分成两队，在一条线两边相对而立。一方一人越线，碰触对方任何一人，同时屏住呼吸，嘴里不断发出“嘟——嘟嘟——嘟”的声音。如果他在一口气用完之前抓住对方一人，则被抓住的人就“死了”。如果对方拦阻他回到己方，那么他就“死了”。

现在苏巴尔钱达拉又是小孩了，可是他根本不想上学。苏希儿很不耐烦地问他：“父亲，您不上学了吗？”苏巴尔挠挠头，低头看着自己的脚，咕哝道：“我今天胃疼。没法上学。”

“您真的没法上学吗？”苏希儿生气了，“我也犯过这种上学的胃疼。我清楚得很。”

苏希儿的确经常以各种借口逃学，所以他父亲不可能骗得过他。于是他把自己的小爸爸提溜到了学校。苏巴尔放学回家之后，马上要跑出去玩儿，可是老头苏希儿正戴着眼镜，自顾自地读诵克里特蒂巴斯的《罗摩衍那》；苏巴尔喧闹乱跑，打扰了他看书。

于是他命令苏巴尔坐在自己面前，塞给他一块小黑板，要他做算术。他出的题都是很大的数字，他父亲花了一小时才做完一题。到了傍晚，一群老人聚在苏希儿的房间里下棋，为了让苏巴尔保持安静，苏希儿找了一名家教，给他上课直到夜里十点钟。

现在苏希儿严格控制他父亲的饮食，从前他父亲“还老”的时候，消化不好，如果吃太多，就会泛酸。苏希儿一直记着这件事，所以现在很小心，不让他吃得太多。可是现在他父亲已经返老还童，胃口好得能吃下一匹马！苏希儿给他吃那么点东西，所以他总是饿着肚子。他变得很瘦，身上骨头都凸出来了。苏希儿以为他生了大病，喂了他很多药。

可是变老的苏希儿也有很多麻烦。从前喜欢的事物，现在无法受用。以前他只要听说哪里有亚特拉巡回剧团，无论风雨寒暑，都要跑去看。现在老苏希儿试过一次，结果感冒咳嗽，头疼腿酸，卧床休息了三个星期。从前他一直在村里的池塘游泳，现在他一试，胳臂和腿的关节就肿了起来，得了严重的风湿，诸医生诊治了六个月。在这之后，他只泡热水澡，两天一次，而且也不准苏巴尔去池塘里玩。有一回他忘了自己的年龄，从床上蹦起来，把筋骨给扭了。当他把一整颗槟榔放进嘴里，才想起来自己没有牙，没法嚼。如果他梳头时心不在焉，头皮突然挨了刮挠，他才会想起自己的头已经差不多全秃了。有时候他忘了自己和父亲一样老，一时兴起搞恶作剧，比如往老太太的水罐里扔小石子。这么一个老人居然行为像小孩一样，旁人大为震惊，他被赶跑的时候简直羞惭得掩面而逃。

有时候苏巴尔钱达拉也忘了自己现在是个小男孩。他想着自己还跟从前一样老，于是加入一些玩纸牌的老人，像同辈人一样坐下来和他们聊天，结果每个人都对他说："滚开玩儿去吧，快滚！你以为你是谁？"然后揪着他的耳朵，把他赶出去。有时候他对学校老师说："你有没有烟草给我点儿？我想抽口烟。"于是老师罚他单腿站在长椅上。不然就是他对剃头匠说："你怎么这么久都没来给我剃胡子？混账！"剃头匠心想："这个淘气鬼！"然后答道："我十年以后再来。"有时候他要像从前那样揍他的儿子苏希儿，苏希儿就会大怒，说："学校就教你这些吗？攻击老人？你这个小流氓！"人们从四面八方跑来朝着他拳打掌掴，训诫责骂。

于是苏巴尔开始热烈祈求："要是我能像我儿子苏希儿一样高壮自由，我就能摆脱这一切了！"苏希儿也合掌祷告："神啊，请让我像我父亲一样小，这样我就能随意到处玩耍了。我父亲变得这么顽劣，我管不动他了；我越来越受不了了。"

愿望女神回来了，说：“怎么样，你们都得到了自己想要的吗？”

父子俩跪了下来，朝着她行大礼，说道：“神啊，我们向你保证，我们的确得到了。现在请让我们回到从前的样子吧。”

“好吧。”女神说，“明天你们醒来的时候，就恢复原样了。”

第二天早上苏巴尔醒来，果然跟从前一样老；苏希儿醒来也恢复成孩子了。父子俩都认为自己做了个梦。苏巴尔钱达拉没好气地问：“苏希儿，你现在在学语法吗？”

苏希儿钱达拉挠挠头说：“我好像把书弄丢了。”

图书在版编目（CIP）数据

止息盛怒 /（印）泰戈尔著；杜蕴慈译 . -- 北京：中信出版社，2022.6
（企鹅 · 轻经典）.
ISBN 978-7-5217-4062-2

Ⅰ . ①止… Ⅱ . ①泰… ②杜… Ⅲ . ①中篇小说－小说集－印度－现代 ②短篇小说－小说集－印度－现代 Ⅳ . ① I351.45

中国版本图书馆 CIP 数据核字（2022）第 036858 号

本书仅限中国大陆地区发行销售

®“企鹅”及其相关标识是企鹅兰登已经注册或尚未注册的商标。
未经允许，不得擅用。
封底凡无企鹅防伪标识者均属未经授权之非法版本。

企鹅 · 轻经典
止息盛怒

著　　者：[印] 泰戈尔
译　　者：杜蕴慈
出版发行：中信出版集团股份有限公司
（北京市朝阳区惠新东街甲 4 号富盛大厦 2 座 邮编 100029）
承 印 者：鸿博昊天科技有限公司

开　　本：787mm × 1092mm　1/32　　印　　张：7.5　　字　　数：160 千字
版　　次：2022 年 6 月第 1 版　　印　　次：2022 年 6 月第 1 次印刷
书　　号：ISBN 978-7-5217-4062-2
定　　价：49.00 元

版权所有 · 侵权必究
如有印刷、装订问题，本公司负责调换。
服务热线：400-600-8099
投稿邮箱：author@citicpub.com